新編戦国劇場！　　　　　　前川　實

八王子城主
北条氏照の物語

霊鐘姫の愛と共に生きた若き日々

八王子城の本

はじめに

　2012年の秋でした、八王子城山麓（八王子市元八王子中宿）に、城跡案内のための立派なガイダンス施設が建てられ、時を同じくして、昔は城下町であった麓の人達によって「北条氏照まつり」が行われました。そして2013年4月には、氏照の御殿があった御主殿の「建物礎石遺構群の模擬展示遺構」が往時の形に見事に復元公開され、私がその5年前に予測した優雅な水池庭園も発掘され、10月には第2回目の「北条氏照まつり」も挙行されました。そして2019年、今年もまつりは続いています。

　これらの遺跡が整備されたことによって、かっての八王子城の威容を目のあたりにして偲ぶことが出来るようになり、しかもまつりの相乗効果も相まって、おかげで見学者が更に増え、いまや八王子城の人気とその城主北条氏照への関心がいやが上にも高まっています。ちな

八王子城跡ガイダンス施設

みに八王子城は国の重要史跡であり、日本100名城の一つであります。

　ところが、正直言ってその主役である北条氏照の生涯がよく分からないうえに、特に0歳から19歳頃までの成長期にいたってはもう皆目分からないのだと申し上げたら、「ええーっそうなの！」と皆さんもきっとびっくりなさることでしょう。

　少しは氏照について学習された方であれば、氏照が幼少の頃、平安時代以来の武蔵の名族由井氏の名跡を継いで名も「由井源三」と称していたことや、小田原城内では別の幼名で「藤菊丸」と呼ばれていたこと、そして満6歳にして、足利幕府の関東管領上杉氏の目代（守護代）であった大石氏の養子となり、19歳頃にはその居城滝山城に入城したらしいということまではご存知のことと思いますが、それにしても、それだけでは後北条氏の名補佐役として戦国街道を一気に駆け抜けた、氏照の生涯を語るにしてはあまりにも寂しいかぎりです。少なくともその成長時代ぐらいは知りたいものですね。

1

のちに氏照は八王子城を築きますが、氏照がそこで毎日どんな衣・食・住生活を営んでいたかということは、御主殿の発掘調査によって出土した遺構・遺物などによってその推定が出来るとはいうものの、氏照自身の人物像を知る上で、最も肝心な日常の生活が窺える日記や愛読書・詩集、趣味・芸能・娯楽などの教本、また友人・知人などからの書簡など、いわゆる自分史的な古文書の有無などにいたっては、もう皆無に等しいと言わなくてはなりません。

　後世の賢人たちからは「禅の達人であった」と評されたほど、性格は質実剛健で義理人情に篤く、漢詩を吟じ、和歌を詠むことを好み、また笛などの音曲を奏で、村祭りの獅子舞にも加わるほどの気さくな人物であったと言われています。軍事的には勇猛果敢で北条氏の軍師格とも称されるほどに戦い上手で、三十数回の戦いで9割以上もの勝利を上げ、しかも優秀な外交官であったとされるその人柄を偲ぶことが出来る氏照の史料は一体どこに消えたのでしょうか。もしかしたら天正18年の落城の時の御主殿炎上ですべてが燃え尽きてしまったのでしょうか。参考までに、現在まとまっている300点以上の氏照の関連古文書は、その殆どが滝山・八王子城主として軍事・政治・経済・裁許・外交等の業務に携わっていた際に発給されたものが多く、いわばすべてが公けの文書であって、個人の人物像にまで迫れる程の内容に乏しく、これ等史料で氏照の全体像を知ることは甚だ困難だと言われています。しかし、だからといって私達は諦めてはなりません。この物語は、そんな断片的な史料やその後の研究者達の論考を参考にして、これを繋ぎ合わせ、独自な考え方で解明・類推して編集した、言わば八王子城主・北条氏照の物語であり、特にその青春時代を中心に描いたものであります。

　最初にお断りしておきますが、この本に著されている内容は、出来るだけ氏照に関わる故事や来歴をバックデータとした類推的な考え方をしており、たぶんに小説的なところもありますが、これはあくまで読者の方に興味をもって分かり易く読んでいただくための発想です。例えば、ここに元東京都町田市小野路の小野神社の宮鐘であったひとつの鐘を登場させ、この鐘の数奇な運命と北条氏照の生涯とを重ねてその人格形成に役立っていたと語らせていますが、この鐘は今でも三浦半島逗子市の海宝院に重要文化財として安置されており、後世の人々に氏は禅の達人であったと言わせ

た由縁を引き出すことが出来る貴重な遺品となりました。因みに町田の小野神社にはそのレプリカが吊るされています。出来れば皆さんが読後、私に「いや私はこう思う、何故ならばこうだからだ」と論理的に反論してくださることを期待しています。それが更に八王子城と北条氏照の歴史をさらに発展させると信じているからです。

　では、今から氏照の生涯の、主に青春時代までを重点的に劇場舞台方式で演出し語りたいと思います。内容の背景となっている立証史料や詳細な説明書きを添付することは、与えられた紙面に限りがありますので控えさせていただき、特に大事なポイントだけは、その都度、解説やカッコ内に囲んでコメントさせていただきますのでご了承ください。

　　「さぁ、開演のブザーが鳴りました。劇場の幕が開きます」

「如意成就」氏照印判

思いのままに成し遂げる

目次

はじめに …………………………………………………………………… 1

第1幕　北条氏照の生い立ち ……………………………………………… 5
　　第1場　出生の謎は産声の彼方に ………………………………… 5
　　第2場　創られた氏照の未来像 …………………………………… 14
第2幕　幼き由井源三、いよいよ戦国の海原に船出する ……………… 22
　　第1場　藤菊丸、座間の星谷城に入る …………………………… 22
　　第2場　運命を定めた父氏康の河越城夜戦 ……………………… 31
　　第3場　由井源三、大石源三となり…… ………………………… 34
第3幕　源三由井野へ入部し、そして元服する ………………………… 41
　　第1場　源三、由井野の源三屋敷に入る ………………………… 41
　　第2場　若き日々の舞台よ廻れ！ ………………………………… 50
第4幕　氏照と由井衆、由井野の青春 …………………………………… 61
第5幕　夢・武者修行の旅 ………………………………………………… 65
第6幕　滝山城へ入城の足音聞こゆ ……………………………………… 68
　　第1場　比佐姫裳着の式、婚儀準備整う ………………………… 68
　　第2場　滝山城奉公衆、氏照入城への布石を打つ ……………… 72
　　第3場　氏康、子等に北条氏所領役帳を見せ…… ……………… 79
第7幕　大石源三氏照滝山城に入城 ……………………………………… 85
第8幕　輝ける日々 ………………………………………………………… 92
　　第1場　比佐との新しき日々、そして城の刷新 ………………… 92
　　第2場　氏照初陣、三田氏を滅ぼして関東に…… ……………… 96
第9幕　八王子城と北条氏照と騎龍観音菩薩脇侍霊鐘の終焉 ………… 110
　　　　　要害部の戦い ………………………………………………… 112

エピローグ（小野神社宮鐘の見学会） ………………………………… 119
参考文献 …………………………………………………………………… 122
鎮魂歌「八王子城」 ……………………………………………………… 123

第1幕　北条氏照の生い立ち

第1場　出生の謎は産声の彼方に

〈幕開けの解説〉　まず氏照出生の真実は、今や謎となって産声の彼方にまぼろしのごとく消え去ろうとしています。からくも、いま私はこの謎を追いかけて再び歴史上に蘇らせようと試みているのです。時は天正18年（1590）、後北条氏が滅びたのち徳川家康に仕えて旗本となった、もと後北条氏の重臣山角定勝が書いたといわれる「小田原日記」の系図欄に、次のような添え書きがしてあります。

それは「二男由井源三郎殿、後北条陸奥守、別腹（母違い）弟（氏政の）也、大石源左衛門尉定久養子也、武州滝山城主」と書かれているということです。つまり北条氏照は、父北条氏康の正室・駿河御前（法名瑞渓院）の実子ではなく母違いの子だったということを吐露しているわけですが、いま史学界筋ではこれを、「歴史に名を残した庶子に対して昔からしばしば見られる民衆の願望または推測であり、例えば判官びいきのようなものである」かのように解釈され、いわゆる史的価値のないものと評価しています。

果たして本当にそうでしょうか。

この物語はその疑問に反発することから始まりました……。

では、小田原日記に書かれているその一連の状況を、分かりやすく説明するために演劇の手法で幕を開け、再現してみましょう。

氏綱・氏康・由井殿などの想像顔絵

《中世小田原城内三の丸藤原平》　天文9年（1540）陰暦4月、さつき晴れのもと、里には花が咲き乱れ、若葉の香りが風に乗ってただよう初夏のことでした。

ここは相州小田原城内の藤原平の一隅に住まう由井殿の産褥部屋。その枕元に、この城の隠居北条氏綱、嫡子氏康とその正室の駿河殿などがうち

揃って出産見舞いに訪れていました。

　突然の来訪に驚き、由井殿が慌てて掛け布団をとって立ち上がろうとするのを駿河殿が静かにさえぎり、「いえ、そのままに、そのままにして」と優しくいたわります。

　かたわらの小布団には、数日前に生まれたばかりの赤子が双手で空を掴むかのように何やら盛んに嬌声を発しています。気のせいか、その声の合間にウォンウォンと鳴る動物的な唸り声のような音がします。この赤子こそ後北条家の三男として生まれ、のちに家業を隆盛に導き、さらに家の屋台骨を支え続け、ついには己の城八王子城を築き、生涯北条氏の名補佐役として歴史に名を残し、戦国街道をまっしぐらに駆け抜け、晩年には非業の最期を遂げた男、しかり八王子城主北条氏照その人でした。

　「おおっ可愛い男の子じゃ、それにしても元気に良く泣く子じゃのう。ややっ、あの音は一体何じゃ、はて前にも聞いたような音じゃが。そうじゃ、氏康と江ノ島弁財天に奉納した我が家の家宝、小野鐘の鳴り音が消えて行く音に似ているが、まぁ良いわ、儂の気のせいじゃろう。何はともあれ、由井殿には誠にごくろうでござった」

　「わざわざお越しくださり、誠に恐れ入りまする。お家の証人（人質）としての掟もわきまえぬ私ごときに……」

　氏綱のねぎらいの言葉に答えて、由井殿がわが身の不始末を悔い、か細い声で羞じる姿に嫡男の氏康が居たたまれず口を挟みます。

　「そなたが心を痛めることではない。この子はまぎれもなき吾等が子、きっと弁財天に合祀した騎龍観音（龍頭観音とも）の龍の魂が、共に脇侍（姫）として奉納した小野神社の巫女鐘の導きで、儂とそなたの身を借りて吾等に授けてくだされた龍の子じゃと思う。ほれっ、今も和子の泣き声に混じって、和子の誕生を祝う龍神姫の声がそなたにも聞こえるであろう」

　と言うや、氏康は産褥部屋の板戸を一杯に開け放ち、眼下に広がる相模湾の遙か東方彼方に浮かぶ江ノ島の空の下に向かって手を合わせ、「龍神殿ーっ。龍神殿ーっ、有り難やっ、ありがたき幸せ忝なしっ、確かに吾等が我子を頂き申したーっ。吾等これよりこの子を決して粗略にせず、大事に慈しみ育てまするぞーっ」と叫び、部屋の中を振り返えりちらっと正室駿河殿の顔を横目で見て同意を乞うと、駿河殿もまた無言でこれに応じました。

すると不思議なことに、あれほど泣きわめいていた赤子もすっかり泣き止み、その余韻が龍神姫の声と共に早雲山山頂にこだまして消えていきました。そんな息子夫婦のやりとりを笑みを浮かべながら見やっていた氏綱は、良しとばかりに膝を打って満足気に頷き、由井殿の枕元ににじり寄ると、「由井殿、心安うしてこれからこの爺いが語る話を聞いてくだされ。いや、そのままで良いそのままで」と、また起き上がろうとする由井殿を制しておいておもむろに語りかけました。

　その時から16年前頃までの氏綱は、父の伊勢新九郎長氏（北条早雲－伊勢宗瑞）が制圧した伊豆・相模に加えて、相模全土から武藏南部へと、「伊勢新九郎氏綱」の名のもとに版図（領土）を拡大しつつありましたが、伊勢氏が関東を北上するにつれて、足利幕府関東公方体制下の周辺国人達からは「他国の凶徒」などと屈辱的な罵声を浴びせられていました。あまつさえ「国盗人」呼ばわりさえされるということに憤慨し、このまま伊勢氏を名乗っていたのでは我が家の将来が危ぶまれると考えていた矢先、たまたま伊豆にかっての「鎌倉幕府執権北条氏の末孫」と称する女性がいることを聞き、捜し当ててその家の入り婿となりました。以後、大永4年（1524）からは姓を改めて「北条新九郎氏綱」と名乗り、旗印も鎌倉幕府執権北条氏時代の三つ鱗紋（但し執権北条氏の正三角形紋から二等辺三角形紋に）を靡かせて、これら罵り遠吠えして止まぬ関東諸将等に対して「これより我が家系は執権北条氏に繋がる名家ぞ」とばかりにその威厳を誇示してきました。

　このことによってその後、人々は北条氏の頭に「後」の字をつけて後北条氏と呼ぶようになったのですが、以後この物語ではただ単に北条氏として語ります。

　そして氏綱は、氏照が生まれたこの年から数えて8年前の天文元年（1532）から、かって安房の里見氏の暴挙によって焼かれ失われたままになっていた鎌倉鶴岡八幡宮の再興を志します。この事業は元はと言えば鎌倉幕府の執権北条氏の役目であったはずのもので、今で言えば関東管領上杉氏がやるべき仕事なのに、今や北条姓を名乗っている立場と意気込みも重なってか、一念発起し、関東諸将等の恩讐を超えた勧進協力を得て着手することに成功。苦節約十年を経てようやくこれを完成させばかりでし

7

た。そして今は、勧進元となって成し遂げた者にのみに与えられる関東武士の棟梁の名をほしいままにしていたのです。

さらにその勢いは、娘（芳春院）を関東公方足利晴氏に嫁がせ、より高家の公方との姻戚関係を結び、事実上の執権（足利幕府体制では関東管領…守護）にまで登ろうと画策していたのでしたが、さすがの氏綱も寄る年波には勝てず、ここのところ外交・軍政・軍事は殆ど息子の氏康に任せる日々が多くなっていました。

そしてその嫡男氏康は今や25歳（永正12年の生まれ）。その時は長女の早川殿（のちの嫁ぎ先今川氏での名）・嫡子新九郎・次男氏政（のちの元服名、以後その兄弟も同様とする）の二男一女の父親でした。

最近は父の氏綱を助け、ほとばしる若気を旺盛に発揮して、「北条相模守新九郎氏康」の名のもとに武藏河越城・松山城・葛西城・岩付城・国府台城の戦いと、すべての戦に軍馬の響きを轟かせ、武藏国人達の間を縦横無尽に駆け巡っていました。

しかし、関東管領上杉氏（執権・守護に匹敵、出自は藤原氏）の目代（守護代）であった滝山城主大石氏だけは、関東足利幕府体制下でも名門中の名門大名であっただけに、あるいは氏綱の鶴岡八幡宮再興勧進に協力的であった遠慮からか、目の上のたんこぶとは思いながらも攻略することを避け、上辺は友好的には接していたのでした。それを見越した滝山城主大石定久もまた、それなりに北条氏に対しては即かず離れずの好み（誼…和平）を通じていたのです。

加えて、滝山城を支えていた軍団は、当時武藏全域に広がっていた強力武士団西党（出自日奉氏）の国人達を踏まえて成り立っていた（杉山博…大石氏の研究）ので、北条氏もまた北関東へ進軍する際の背後の安全を維持するためには、あえて大石氏との危険な争いを起こしたくはなかったのでしょう。

とりあえず氏綱と氏康は、この均衡を保つために、西党の棟梁的存在であり、しかも大石氏との深い絆で結ばれていた名族由井氏の息女（当時は上杉系藤原氏に嫁ぐ）に目をつけ、その頃、由井野弐分方村（現在の八王子市弐分方町）の由井源三郎屋敷に住んでいた由井殿とその夫の藤原某を大石氏側の証人（人質）として預かり、小田原城内三の丸付近の藤原平一隅に住まわせて西党の動きを牽制していたのでした。

そしてその後の享禄３年（1530）、由井殿は夫藤原氏とのあいだに男子を設けましたが、間もなく夫は小田原城内で他界し、由井殿はしばらく寡婦の日々を送っていたのです。
　残された一人息子は、由井氏の血を母方から受け嗣いだ唯一の者でしたから、当然にこれを相続して由井氏の嫡子となり、由井源三郎を名乗りました。ちょうど氏照が生まれたこの年には10歳になり、母と共に小田原城に住んでいました。
　ところが、その寡婦由井殿に氏康が懸想して愛し合い、子を為したのでした。しかもそれは、当時の武士社会にあっては道義上犯してはならない証人（人質）との禁断の恋でしたから、これは面倒なことになったと父氏綱も少々慌て気味で頭を抱えていたのでした。
　由井殿が産褥で思わず漏らした氏綱への詫び言にはその思いが込められていたのです。

　氏綱はここでちょっと一息つき、今しも陽光を照り返して光る相模湾の海辺をまぶしそうに手をかざして見やり、一言呟きました。
　「さてもさても、これは我が家にとっては誠に吉事じゃが……儂もこのことはすぐに滝山城の大石定久殿に使いをやり、それとなく今後のことなどを相談させておいたゆえ、そなた様もあまり気に病むことはない」
　「相すみませぬ……」と由井殿がまた呟きます。
　「そこでじゃ、その前後策じゃが。覚えておいでかと思うが、そなた様らを大石から預かる際には、一応世間体を憚かり、そなた様の亡夫藤原氏の名を拝借し、我らが城の西側に曲輪一つを設けて藤原平と名付け、これまではそこに住んでもらっていたわけじゃが、今となってはそれも適わなくなった。そこでじゃ、これから申す通りにさせてもらうがよろしいか。良く聞いて納得してくだされや。
　まずは、この子は我が父早雲の「義」の教えに則り、今

神々龍神姫

後は正室駿河殿が産んだ子として育てなくてはならぬ。すなわち当家の相続順位で言うところの長幼の上下で申せば、正室が産んだ嫡子新九郎、次男氏政、そしてこの子は正妻の子であればそれに次ぐ三男坊、つまり普通ならばこの子は当家の継承順位第三位の子になるということじゃ。しかしながら、嫡子新九郎はご存知のように病弱ゆえいつどうなることやら計り知れぬ。よっていまは氏政を嫡子と考えているが、この戦乱の世の中、氏政一人だけでは心細く思い、実は鎌倉鶴岡八幡宮御再興着手の際には是非男の子が生まれるよう祈願し、合わせて江ノ島弁財天にも男の子が授かるようにと、龍神一体で知られ、鎌倉北条氏の龍の三つ鱗の縁にも繋がる騎龍観音（龍頭観音）を合祀し、加えて父早雲以来、我が家の宝であった小野神社の霊鐘を騎龍観音の脇侍（姫）として奉納し、祈願して来た。その甲斐あってか、神は儂の八幡宮再興を愛でてご褒美にこの子を与えてくださったのじゃ。まさにこの子は「騎龍観音」から授かった龍神の子じゃ。

　龍に乗って人々を救いに来ると言う騎龍観音は33種の力を有して応化すると言われ、時には龍に跨り駆け戦いにも臨むという勇猛果敢な菩薩でもあると言われておる。

　よって、この子は我が家の守り神として大事に育てなければならぬ。ゆえに、そなた様にはこれからは氏康の側室となって頂くことになるが、系図上ではこの子の生母は駿河殿であって、そなたの子ではないということをご承知おきくだされたい。

　さて次にこの子の名前じゃが、当面はそなた様の亡夫藤原氏の名を立てて頭の字を「藤」とし、わが弟北条幻庵の幼名菊寿丸より「菊」の一字をもらい「藤菊丸」とする。もっとも、その幻庵の幼名を嗣いだ訳は、藤菊丸の後見役にその幻庵になってもらうつもりからであり、以後はそなた様には和子と共に幻庵屋敷（小田原市久野中宿）に移っていただき、表向きは「乳母」ということになって生活してもらうがそれでよろしいか。これは和子誕生の秘を家中にも秘して駿河殿の実子とするための苦肉の秘策じゃ、こらえてくだされ」

　慎重に秘策を明かした氏綱は、そこで話を一旦止めると由井殿の言葉を待ちました。

　「ありがたきお言葉をいただき誠に嬉しゅうござりまする。この上は如何なりともご宗家にお任せいたしまする」

「おおっ、さようか、お聞き入れくださるか」

氏綱はほっとした表情を満面に浮かべると、氏康と駿河殿を見かえり、互いの合意を確かめ合ったあと、また由井殿に向き直り話を続けます。

「さて、残るはあと一つご子息源三郎殿のことじゃが、いまこの儂が申した善後策のもとではこの小田原に住む意味も無うなったのと、歳もすでに10歳にもなったことゆえ、大石殿とも相談し、この際に源三郎殿を郷里の由井へお返しすることに相成った」

「はっ……」と一瞬驚きの表情を見せた由井殿でしたが、すぐに事態を察してか、あとは黙して語らず顔を伏せました。

「驚かれるのも無理はないが、これも武門の習い、親子さまには悲しき定めじゃが、源三郎殿と藤菊丸は紛れもなく兄弟、そしてそなた様は唯一貴種由井家の血脈に繋がるお方。さすれば兄弟共に由井氏嫡流の子ということに相成る。もし離ればなれにしておき、両者が長じて西党由井衆の棟梁の座を巡って骨肉の争いを演ずるようになったとしたならば、一番悲しむのはそなた様じゃ。

そこでじゃ。武門にはその争いの芽を早めに摘んでおくという知恵がござる。それは一人の稚児を僧門に入れるという慣わしじゃ。藤菊丸は縷々申したとおり北条の事情により、正室の子として第二の相続人候補と為すためにこの秘策を講ずることになったゆえ、僧になってもらうは源三郎殿にお願いするしかない。このことも滝山城の大石定久殿と話し合い、源三郎殿は大石殿が責任をもって請け合ってくれることに相成り、しかるべき禅寺に入ってもらうという承諾をいただいた。由井殿もまげてこれをご承諾くだされ」

氏綱はここまで一気に話し終えると由井殿が無言で頷くのを見て、氏康と駿河殿に向かって、

「氏康、いやさ、お方も相分かったか、聞いての通りじゃ、決まった以上、事の処置は早いほうが良い。早速源三郎殿を城下の禅寺にお連れ申して剃度（髪を剃り得度すること）してもらい、僧形を整えて滝山城へお届けせよ。また由井殿には藤原平を早急に引き払っていただき、明日にも和子と共に幻庵屋敷へお連れせよ」

父の即断即決の勢いに呑まれ、氏康は飛び跳ねるようにして由井殿のそばににじり寄ると、「このように相成った。そなたには誠に相すまぬこと

11

をした」とだけ言い、由井殿もまた「重ね重ねかたじけのうござります
る」と、ただ一言を漏らしただけで後はうなだれるばかりでした。

　翌々日の早朝、僧形に身を整えた源三郎は得度名を「桂厳」と改め、武
藏国由井郷（八王子市元八王子町とその他の町を含めた古い地名）へと旅
立って行きました。そして、由井殿と和子もまた供の者に守られながら久
野の幻庵屋敷に入りました。

〈幕間の解説〉　以上のとおり、氏照誕生にまつわる秘話を私の考えでドラ
マ化してお話いたしましたが、内容はけっして昔からよく言われるような
「見てきたような嘘を言い」ではありません。例えば、『新編武藏風土記稿』
巻之百六多摩郡之十八の項、「少林寺」（八王子市丹木町）の「開山記」に
よりますと、

　「享禄三年八月　望而産於相州小田原城　藤氏某甲家（高家又は武家）
焉（反語、いずくんぞ…を知らず）於総世氏剃度（剃髪得度）、時天文九
年四月仏誕日（４月８日釈迦誕生日）也……」
と書かれていますが、これを私流に読みますと、

　「当少林寺開山の桂厳暁嫩大和尚は、享禄３年（1530）８月、月望ちて、
しこうして相模の小田原城において生まれ、藤原氏の縁に繋がる何がしと
申す高家の出（母方の由井氏も暗示）でありながら、しかも宗家（藤原氏
又は由井氏の嫡流）の総嗣司なのに、何ゆえにそうなったかは相知らぬ
が、にわかに髪を剃り得度して仏門に入られた。奇しくも時は、正に天文
９年（1540）４月８日、ちょうどお釈迦様誕生の灌仏会（花祭・甘茶祭り
の日）であったと言う」
と、読むことができますがいかがでしょうか。

　第１場での、由井殿の嫡子藤原源三郎のいきさつと同じことが書かれて
います。しかも、『新編武藏風土記稿』ではこのあとの文章を「聖山大祝
和尚（曹洞宗高乗寺八世聖山大祝和尚、天正19年没）為弟子。弘治元年
到武州瀧山之城」としていて、つまり、「桂厳は（故郷に快く迎え入れら
れ）、後の少林寺の親寺である禅宗（当時は臨済宗）曹洞宗高乗寺（八王
子市初沢町）の高僧が桂厳の教導を引き受けることになり弟子とした」と
書かれています。さらに、長じて滝山城の少室庵（のちの少林寺）に招か
れたともあり、由井郷では大寺の鄭重な扱いならびに大石氏の破格の歓迎

12

を受けたことを暗示しています。さてもこのように、滝山城主大石定久の桂厳に対する特別な配慮があったからでしょうか、その後も桂厳への特別な処遇は変わることなく続きますが、この事実は後段でお話しましょう。

また、この事実が氏照とどのような関係にあったのかと言えば、この『風土記稿』の追記として、あるいは『少林寺由来記』にも、「桂厳和尚は北条氏照の乳母の子であった」と書かれ、またその他の伝承ではこの「乳母は城下（小田原市久野中宿）に住み、息子は母が氏照の乳母になるとすぐに僧侶になった」と伝えられていますので、この時点では氏照と桂厳は確かに乳兄弟の間柄だったことが分かります。更に深く追究すれば、授乳の出来る女性がすぐ傍にいるのに由井殿を乳母とだけ称するのは不自然なことであり、由井殿は確かに氏照の実母であったと考えるのがごく自然でしょう。さらに兄が、氏照が生まれてすぐに仏門（由井の高乗寺）に入ったことが事実であれば、氏照は、桂厳が由井へ去った年、すなわち「天文9年（1540）4月8日直前」の生まれであったことになり、これで第1場で画いた内容と一致します。さらには、「由井氏嫡子源三郎の政略的廃嫡」という北条氏の策謀が見え隠れさえするのです。

しかし、その乳母が由井氏の嫡流の女人で、氏照がその子息であったとは、どこにも書いてはありませんので、あとはこれを突き止めなければなりません。そこでもう一度、いま問題にしている冒頭の山角定勝の『小田原日記』に記載された「二男由井源三郎殿、後北条陸奥守、別腹弟也……」という文章をよく読んで見ましょう。

皆さんはこの文章を見て少し妙だとは思いませんか？

冒頭の主語にはっきりと由井源三郎殿（氏照のことで廃嫡された兄ではない）と言いながら、そこで間をおいて、あとの目的語にはさも秘密を憚るように言葉少くなめに、「別腹（妾腹）の子なり」と結んでいることです。

はっきり申して私は、ここでは山角定勝がもう答えを出してくれていると思います。

そうです。こう読んだら如何でしょうか。

本当は「次男由井源三（郎）殿と申すは、後北条陸奥守氏照の別称で、母は正室の駿河殿でなく側室の由井殿であった」と、読むべきで、ここまで私とご一緒に第1場を見てきた皆さんにはすぐにお分かりになることでしょう。それでもまだ納得がいかないという方には、北条氏が、氏照がま

13

だ幼年のころに由井氏を嗣がせて名も由井源三（由井氏嫡子名源三郎の応用名）と名乗らせたこと、そして氏照自身も生涯にわたってこの名を愛し、この名を大切に思い、発給する自己の朱印状などにも「大石源三氏照」あるいは「源三」と由井氏ゆかりの者であるという署名をしていること、のちに上杉謙信の部将本庄繁長からの書簡の宛名には、堂々と「由井源三殿」と書かれている事実があることなど、史料として歴史的に証明されていることを考慮していただけるとよいと思います。そしてなによりも、氏照が滝山城主となってから10年後の元亀元年（1570）の少林寺創建の折には、真の兄弟のように仲良く氏照が開基となり、桂厳が開山となっていることが何よりの証拠と言えるでしょう。単に乳兄弟である因縁だけではここまではしません。おそらく氏照には、かって己が兄を押しのけて由井氏の総世子の座を奪ったことへの引け目があって、せめていつの日にか何らかの形で恩に報いたいという信念があったが故に、このような結果となったのではないでしょうか。

　私自身としては、一応ここで、氏照が由井氏の子であったという情報が出揃っていると考えていますが、では「何故あなたはそれほど氏照が庶子であったことにこだわるのか」と尋ねられれば、「庶子であったが故に氏照は長じてのちに自重し、謙虚な姿勢を保ち続け、生涯を一番ではなく二番の補佐役に徹し、けっして野望などは抱かなかったし、歴史的に見てもそうであったという事実を確信しているからです」と答えるでしょう。奇妙なことに、冒頭で述べた史学会筋で言うところの「昔から歴史に名を残した庶子に見られる民衆の願望……」までは皮肉にも一致しているというわけです。

第2場　創られた氏照の未来像

〈幕間の解説〉　さてここまで、氏照にまつわる出生の秘密を探ってまいりましたが、正直言ってあと一歩のところで、まだ産声の彼方の真実にまで迫ることが出来ませんでした。

　とはいえ、その後の氏照の成長と躍進を通しで眺めてみますと、幼少時には由井家を継いで由井源三を名乗り、それを踏まえて大石氏の養子となり、やがて滝山城主となってからは氏康や氏政のもとで、まず「檜原の平山氏」・「奥多摩の三田氏」などを制圧し、ついで「下総国府台合戦」で

は武藏に広がる西党の国人達をまとめて由井衆なる最強軍団を編成して功名を上げています。その後、武藏・下総・下野・常陸へと北条の版図拡大に力を発揮したことは事実であり、北条氏のすべての者が氏照を北条氏の正式な三男として認め、由井衆もまたこれを我等が棟梁と崇め、由井源三の名の下で何の疑いもなく従い戦ったことは周知の事実なのです。

　しかも成長期に自分が正室の子でないことを自覚し、己の功績を誇ることなく全ての業績に控えめに振る舞い、常に宗家の首長を立てて名脇役・補佐役に徹した形跡が多く見られること、あるいは、かっての敵方であった軍団から良将を選び、自軍の最高指揮官に育て上げたり、反抗的であった国人達を外交的になだめすかしてしっかりと知行をあてがい、「三田衆・三沢衆」などのような軍団を編成するという良き伯楽ぶりも発揮しています。

　今に残る兄氏政の古文書の中にしばしば、「そのことならば源三（氏照）に聞け」とか、「源三（氏照）に任せてある」とかの字句が再三現れてきますが、そのこと一つを取り上げてみても、北条家とその周辺の家人からの信頼度の厚い氏照の人物像を推しはかることができます。

　このような人物を創りあげた裏には、再度力説しますが、正に氏照自身が生涯にわたって己が「別腹」である自覚を持ち続け、精進し続けた結果であると私は思うのですが、その道筋をつけたのが誰あろう祖父の氏綱と父の氏康、さらに氏綱の弟幻庵の教育だったと思われるのです。

　ではまた氏照誕生の頃に戻ってみて、氏綱・氏康・幻庵三人の会談内容を見てみましょう。

《久野中宿の北条幻庵屋敷》　天文９年（1540）旧暦９月、氏照生後５ヶ月。相模の山里に野菊が咲き乱れ、野山が紅葉で真っ赤に染まったある日のこと。

　表面上は幻庵の幼名菊寿丸の「菊」を寿ぐことと、背後には、半年前に生まれてすくすくと育っている藤菊丸の「菊」を寿ぐ茶会、菊華会が久野の幻庵亭で催されました。

　小田原久野中宿の幻庵屋敷は、小田原城総構えの北にある久野口を出て久野川を遡ること約半里の河岸段丘上に、幻庵が相模中郡約五千貫の知行を与えられた際、小田原城に近いここを下屋敷としていたのですが、その

北条幻庵屋敷跡看板

長者の家格に見合う城塞として構えられていました。外見上は文化人であった幻庵の人柄が偲ばれる数寄屋造りの瀟洒な邸宅です。幻庵の茶道は近江三井寺に学僧となっていた頃に嗜んだもの。当時から茶室は四畳半という狭い空間で楽しむものでしたが、後年には豊臣秀吉が好んだ三畳間という更に狭い空間となり、幻庵もこれに倣います。これが八王子城を築いた北条氏照の御主殿の茶室にも影響を与え、まさに氏照が幻庵の教導を得て育っていたことが分かります。

　この日の茶会は客人も多く、狭い茶室では賄い切れずに広い書院で行われることになりました。そもそもこの茶会は氏綱が提案したもので、このところ寝たり起きたりで健康がすぐれない氏綱にとっては、この久野への道とて少々つらい道のりで、同行の氏康も心配して父に付き添っていましたが、「大事な話がある」と言って聞かない氏綱はここまで輿に乗ってやってきました。

　茶会は、藤菊丸の秘話を知り、それをよくわきまえている小田原城の一部重臣達も招かれるという男達だけのものでした。宝生流家元一閑（この頃一閑とその弟子等は応仁の乱後の都を離れて小田原にあった）とその弟子達による能・狂言舞台も催されて盛会のうちに終わり、満足した客人達が三々五々雑談を交わしながら立ち去ったあと、氏綱の指図で氏康と幻庵を加えた三人だけが例の茶室に入りました。

　「父上、お体のご加減は如何でござりまするか」

　「うむ、長綱殿（弟幻庵の名、他に法名の宗哲）の見事な御点前で一服喫したゆえか、気も晴ればれと楽になったわ。ウハッハッハー」

　氏康の気遣いを一笑に付して豪快に笑い飛ばしたあと氏綱は、

　「ところで長綱殿、藤菊丸は如何じゃ。元気に育っているとは聞いておるがのう」

　「いかにもその通りでござるが、今にも這い這いしそうな気配で、由井殿の乳も元気に吸われているそうにござりまする」

16

「それは誠に重畳々々。ところで氏康、そちは藤菊誕生以来よほどに艶福者になったようじゃのう。もう駿河殿が身ごもったそうではないか。指折り数えて思うに藤菊丸が生まれてからまだ日も浅いと言うに」

氏綱の話が叔父に向けられていたのに、突然自分に向けられ、しかも妻が妊娠した話題に転じてしまい氏康がどきまぎしていると、

「や、やっ、宗主殿（氏康）、それはそれは誠にめでたきこと。もし男の子なれば、我が家へ授かった鎌倉八幡神並びに江ノ島騎龍観音の霊験もこれまた二重にあらたかなものよ」

と、長綱が合間を入れてくれて少し救われた気分になりました。

「さて、そのことよのう。めでたきはめでたきものの……。そなたの申すとおり男子なれば複雑じゃ。藤菊丸のこととも合わせて再度作戦を練らねばならぬ。

そこでじゃ氏康、そのことも含めて儂にもしものことがあればと考え、あらかじめそちに申し伝えておくことがある。本日の茶会はそれが目的であった」

一瞬そう言う父の目がキラリと光り、すぐにいつもの思慮深い眼にもどった。父のただならぬ気配に、よほど大事な話らしいと氏康は居住まいを正す。

「知っての通り、長綱殿が今や当代一流の学者であることは、そちもまだ少年の頃、十しか歳が違わぬ若い長綱からよく学問を教わっていたゆえよく存じておろう」

「はい、よく存じておりまする。それがしがいま歌詠みの端くれにつながっておりますのも、叔父上のおかげと常々感謝しておりまする」

氏綱の話はなかなか核心に触れてきません。氏康は構えながらも父の言葉を淡々と受け止めていました。

「あれはご先代早雲様が相模新井城の三浦一族を滅ぼされた永正13年（1516）、そしてその後に亡くなられた永正16年（1519）の後の大永４年（1524）の頃であったかのう、その年は儂が姓を改めて北条姓を名乗り、江戸城を攻めた年であったゆえよう覚えておるが、同じ年、長綱殿も得度されて近江の三井寺に入ったことを記憶している。それから、長綱殿は三井寺て数年にわたり修行を重ねたすえ諸々の学問を修得され、そちも知るとおり晴れて箱根権現神社の別当職を嗣ぎ、先般めでたくその職を勤め上げて辞職されたというわけじゃが、思うに儂は長綱殿がこの間に修得され

た学問を、今後は儂や氏康のために師範役として北条家の男子や子女の教育にも役立てて欲しいと考え、幻庵塾の開設をお願いしたわけじゃ。のう長綱殿そうであったのう」

「いかにも仰せの通りにこざりまする」

別当職を辞して以来還俗もせず、今も袈裟をまとい髪を剃り、得度した時の僧形のままで、これからは兄の政治を補佐することになったという、長綱の凛々しくも若々しい闊達なやりとりに氏康はすっかり感服していました。ただ、二人の視線が時々自分に向けられることに気づき、さては自分に対する伏線があるなと悟った氏康は、

「父上、そろそろ本題をお聞かせくだされ」と急かしました。

「うむ。その最初の塾生が藤菊丸と相成った。これが本題ぞ」と、ずばり答えた氏綱は、氏康が口出す隙も与えず、「では、幻庵先生。お頼み申したことを氏康の前でご披瀝くだされ」

変わり身も早く、氏綱はにわか仕立ての師に対する礼節をとって見せ、言葉を改め慇懃に乞うたのでした。

小姓が呼ばれて、すぐに三枚の大紙面が板の間に広げられた。その時、室内にはこれから明かされる厳粛な極秘を醸し出す静寂が流れ、やがて幻庵が口を開いた。

「ここに甲・乙・丙、三葉の絵図面がありまする。甲の絵図は、今からちょうど600年前に遡る平将門滅亡後、当時の武藏権介・押領使小野諸興に変わって頭角を現した西党の由井宗弘（日奉氏）が統治していた領地に加えて、同じ時代に京の都の東福寺（藤原氏）から宗弘が管理を委託されていた船木田荘園（本・新荘園）と稲毛荘園ほかの園地域を重ね合わせたもの。さらに宗弘が当時の摂政関白藤原忠平から任命された律令体制下の

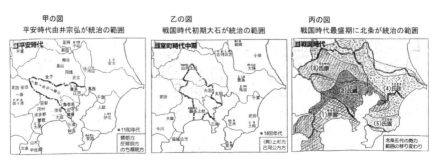

令旨のもとに、武蔵・相模郡内22庁官・京都奉行となって支配した地域も重ねて画いたものでありまする。

乙の絵図は、123年前に現関東管領上杉氏（藤原氏）の祖が足利氏より拝領した領土の武蔵目代（守護代）であった大石氏（源氏）中興の祖大石憲重（先代の憲重）が、犬懸上杉禅秀の乱の功により拝領した当時の領地を示すもの。

丙の絵図は、その守護代大石氏が現在支配している領地とそのうち早雲殿と兄者氏綱様並びに御大途様の時代に我等北条氏の版図となった相模領を画いたものでありまする。

さて氏康殿には、これが何を意味するものかお分かりかな」

「うむ……っ。おおっそうじゃ。かっての由井氏が統治していた地域と現在大石氏が支配している地域はさして変わらず同じ支配地じゃということですかな」

「あっぱれ、さすがの宗主殿じゃ」

幻庵が一つ手を打ち褒めそやすのを、かたわらの氏綱が、「それだけかのう」とつぶやきを入れ水をさしました。が、幻庵がにこりと笑ってそのまま氏綱の言葉を引き次ぎ、

「いや宗主殿。兄上はこの土地すべてが、ほれほれ、いま向こうですやすや寝てござる由井家当主藤菊丸の物だと申されておるのでござるよ。……それっそれっ兄上、氏康殿が、目を白黒させてござるぞ、ワッハハハハー」

氏綱に替わって間髪をいれず答えを披露し、氏康が意外な展開に目を丸くさせているのを見て、幻庵が笑い、突如三人三様の高笑いが狭い茶室内に渦巻きました。

「氏康、まぁそう言うことじゃ。藤菊丸はしかるべき時期を見て由井家を相続させよう。そこで名乗りのことじゃが、由井氏嫡子の相続名の「源三郎」はすでに由井高乗寺に入った桂厳殿の幼名ゆえ、この際「郎」を省き「源三」とするが良かろう」

氏綱の目がまた凄みを増します。さても先ほどの父の目は、策を練る時のこの輝きであったかと氏康は用心深く次の言葉を待ちました。

「そこでじゃ。関東の戦国図はこのままでは済むまい。いずれは、関東管領上杉氏との決着をつける日が必ずやってくる。その時にこそ藤菊丸のこの名が役に立つ。

良いか氏康。あとはそちの裁量に任せるが、いつの日か「由井源三ここにあり、上杉ならびに大石の領土はこの源三が物ぞ！」と声高らかに天下に号令せよ。さすればこの地に跋扈する輩に必ずや動揺が走る。そして策謀が渦巻く。

その機会を狙うのじゃ。それまではこの策略は秘して外には洩らさず、この幻庵先生とその機会を充分に図ったうえで実行に移すことじゃ。相分かったか」

「委細承知つかまつりました。分かり次いでにあえて申しまするが、もしも今度駿河殿の子が生まれ、男子であれば四男と相成りまするゆえ、先ほどは複雑なことに相成ると仰せられましたが、この氏康、巷には藤菊丸とは年子の男子誕生と上手く取り計らいまするゆえお気遣いなく」

「良かろう」と満足げに頷く氏綱にたたみかけるように氏康が問います。

「さりながら父上、由井殿への見舞の折には、藤菊丸と桂厳殿の将来の相克をおもんばかって二人を引き離し、一人を僧にするのだと、由井殿に申されましたが、もしや、父上には初めから由井氏の嫡流を利用したこの計略があったのではありますまいか」

「ややっ幻庵先生、お助けくだされ。我が子の反逆じゃ。親殺しじゃ」と、氏綱はさも恐ろしげな顔をしてみせて、幻庵の背中に手を廻わしました。

「氏康殿、よく考えてごろうじろ。伊勢氏の看板を無理矢理剥ぎとり、執権北条氏の末孫の娘を抱きながら、我等ともども北条の看板にすり替えてしまうほどのお人じゃ。これしきのこと、何ほどのことやあらん。のう兄者そうでござろう。……ワッハハハハハ」

幻庵は皮肉り、兄弟見つめ合いながら互いに氏康の質問を豪快に笑い飛ばしてしまいました。

氏康もまたこれには仕方なく笑うだけでしたが、内心は父の策謀のものすごさに舌を巻いていたのでした。

〈幕間の解説〉　その時氏康は、600年前にも遡ったはるか彼方の由井氏の領土を楯にして、いま生まれたばかりの由井源三をこれに重ねる、この途方もなくしかも無理難題とも言える氏綱の策謀の中に、父の関東覇権と、かっての鎌倉幕府時代の執権北条氏体制への回帰を目指す執念、さらには

20

由井氏を受け継ぐ源三の体に流れる由井氏の血を色濃く見つめていました。また、幻庵の説明の中で、かっての由井氏が平安時代にいかに藤原氏と関わってきたか、例えば元を正せば由井氏祖先宗弘は摂政関白藤原氏の被官であり、関東管領上杉氏もまた、実は藤原氏の出自であったことが、その守護代に任じられている大石氏（源氏）にとって、外交上いかに留意すべき重要な問題であったかが、今回の由井源三の取り扱いで推し量れます。その結果、由井殿の夫が管領筋の藤原氏であり、妻が西党の棟梁由井氏の末孫であった可能性に繋がり、結局はそれが証人という外交上の切り札となって、北条氏と大石氏との間で取り交わされた人質受け渡しにいかに関わってきたかがよく分かるわけです。さて、『新編武藏風土記稿』の少林寺開山桂厳和尚の由来記にある「藤氏某申家焉於総世氏」には、「藤原氏に繋がる何がしと申す名家の宗嫡子でありながら何故に……」という意味が潜んでいることが判明し、由井殿夫婦が藤原氏を名乗っていた理由も分かりました。

　そして、ここで初めて藤菊丸の母が確かに由井氏であったと類推することが出来たのです。ところが、翌年の天文10年（1541）、正室駿河殿に男子が生まれ、この人が後の四男北条氏邦となるわけですが、その直後でした、伊勢新九郎北条早雲のあとを嗣ぎ情熱と慧眼を発揮して後北条氏を発展させ、父早雲の遺訓「早雲寺殿二十一箇条」をよく守り、それを一族に伝え、みずからも「十箇条の遺訓」を遺して北条氏の子孫を繁栄に導いた英傑氏綱が亡くなったのです。思えば前年、藤菊丸が生まれた時に氏綱が立てた一連の策はそれらの遺訓と共に氏康への遺言状となったのです。

　そしてまた、次の年、天文11年（1542）には、今度は氏康の弟で玉縄城主（鎌倉市）であった北条為昌が23歳の若さで亡くなり、このところ北条氏では祝い事と弔い事が相次いで訪れていました。

　下記にご紹介する年表は、氏照誕生に関わる諸記録に表れている年表ですが、おそらく、このあたり、北条氏が秘めたる氏照の誕生日を調整したり、あるいは忌み年を避けて氏邦の誕生日をずらしたりした結果、周辺の者達にいたずらに混乱を与え、様々な記録となって伝えられたものと考えられます。

　　天文９年（1540）…氏照出生説…『寛政重修諸家譜』に記載
　　天文10年（1541）…氏照出生説…『小田原編年録』に記載

※この年氏綱没　氏邦出生言い伝えあり

　天文11年（1542）…氏照出生説…宗関寺記録に記載

　　※この年為昌没　氏邦出生言い伝えあり

　しかり、氏照の誕生、氏綱の死亡、氏邦の誕生、為昌の死亡で大混乱を
きたしています。

第2幕　幼き由井源三、いよいよ戦国の　　　海原に船出する

第1場　藤菊丸、座間の星谷城に入る

〈幕間の解説〉　父氏綱が亡くなった後、氏康は天文11年（1542）から相
模・武蔵・伊豆にかけて北条領の代替わり検地（三代目の大途を引き継ぐ
際の領土確認調査）を行いました。

　検地が終わってから、弟為昌が死亡したあとの城主不在となっていた玉
縄城（鎌倉市）には、妹の夫であり、氏綱の養子であった義弟の北条綱成
（元今川氏家臣の福島氏）を入れ、上総・安房の里見氏に対する抑えとし
て相模東郡・鎌倉府・三浦郡の守備態勢を固めさせました。この時、亡く
なった為昌の身代はこの綱成と幻庵に半々に分けられましたが、当然に、
幻庵もまたこの相模東部の後見役となっていくことになりました。思った
とおり、翌年にはこれに対抗するかのように里見勢に不穏な動きが見られ
たので、氏康は軍勢を率いて安房を攻め、これを抑えました。当然この戦
いでも、江ノ島に預けられていた霊鐘を取り出し、里見勢に向かって烈し
く打ち鳴らし、勝利を得ました。

　さて、これら三つの郡と境を接する高座郡（主に相模原台地）の大部分
と相模東郡は、かっての律令制度のもとでは古くから武蔵国でしたが、中
世の頃は守護代大石氏が統治していた武蔵国と合体されて守護代の支配
地となり、今はその大石氏の相模領土も北条早雲・氏綱の二代によって
攻略されて北条氏の版図となっていたのです。氏康は、この玉縄城の綱
成や小机城の背後を固めるために、高座郡の座間入谷に城を築き、これを
「星谷城」（別名北条氏照星谷陣場『日本城郭大系・千葉・神奈川編』参
照）と名づけ、相応の軍勢を入れました。そしてこの城に当時5歳になっ
たばかりの藤菊丸を入れ、氏康の名代として四方に睨みをきかせるために

幻庵をその後見人に仕立て、名目上の城主にしようと考えていました。いよいよ父氏綱が生前に考えた謀（はかりごと）の出番でした。

『日本城郭大系・千葉・神奈川編』に、「北条氏照星谷陣場」と記載されているこの城（掲載図参照）は、現在の「星谷寺（しょうこくじ又はほしのやでら）観音堂」の北東約600mのところにある「字本堂・通称ホンドウヤマ」の頂上付近から始まる尾根上に築かれた平山城形式の城ですが、現在は「県立・座間谷戸山公園」（小田急座間駅から南へ徒歩15分）として整備され、市民の憩いの場となっています。実際に歩いてみますと、連続尾根は広い曲輪状の本堂山（施設名…伝説の丘）から始まり、そこから平坦な尾根が東北方面に続き、途中で西側から伸びてきている中谷戸（現在の施設名…湧き水の谷・水鳥の池・里山園）を包み込むようにして尾根は南へ曲がっています。三峰台と称する最高地点から下ったところの尾根最大の広さを有する千畳台を中心にして、南方向へ3本に分れた尾根上にはそれぞれ馬蹄形の段を重ねて谷に向かって下り、山麓の谷間には谷から滲み出した湧水による池が展開されています。したがって『日本城郭体系』に掲載されているこの串だんごの様な形の見取り図は、どうやら上から見て本堂山・中谷戸（横線区切り）・三峰台・三つの尾根上の数段の小腰郭全体をひっくるめてデフォルメ（変形）して画かれたものと考えられます。ここでひとつ断っておきますが、この城址には城特有の土塁や空堀などはひとつも見られないかわりに、各構築はこの城の守備方向である東南の鎌倉方面に向かって造られています。

城の構築とは、その戦略・戦術的用途によって形が決まるもので、この城の場合は、いわゆる攻防を目的とするものではなく、集まって入城してきた将兵の宿泊施設とか、あるいは陣場（軍勢集結場）として利用されていた可能性があることも否定出来ません。事実、天正時代に北条氏照によって盛んに使用されたと伝えられ、名も「北条氏照星谷陣場」と『城郭大系』では整理されています。しかしここにこのような城があったことが、何故か城郭史上忘れ去ら

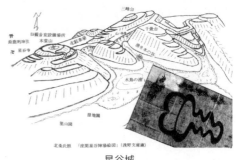

星谷城

れており、今回、著者はこれを重点的に取り上げ、この城こそが由井源三の成長時代の故地と考えるに至りました。例えば神社の再興の棟札に「大旦那藤菊丸殿」と書かれてあったことから、この藤菊丸という名こそ氏照の幼名だったのではないかと、いろいろな学説が飛び交った「鈴鹿明神社」は500mほど離れたすぐ待つか間近にあります。また、のちに氏照の娘（養女か）の貞心尼と夫の山中大炊助が新婚時代を過ごした上溝・下溝領とその館跡も近くにあり、加えて氏照が心から帰依していた「星谷寺」も600mほどのすぐそばにあるという、立地条件から考えてもごく自然的ではないでしょうか。その上、星谷城の本丸であったと考えられる、元観音堂（現在は星谷寺に移設）があった本堂山の地形は、標高が83mで、相模川がもたらした河岸段丘上からの景観はすばらしく、かっては西側を滔々と流れる相模川を眼下に納め、その向こうに大山・丹沢山塊などの山並の眺めも抜群で、軍勢の往還もよく見えたことでしょう。したがって私はこの本堂山あたりに氏照館があったと考えています。しかしながら戦国時代も天正時代の真っ直中に突入すると、この城の位置が小田原・松田・津久井・八王子・滝山各城の扇の要にあることから、大軍勢を江戸・安房（三浦岬湊から渡海による）・上総・下総・東関東へ軍勢を動かす際の橋頭堡となり、軍勢集結基地として最適であるという価値が認められ、大いに利用されていたものと考えられるのです。氏照は幼少の頃からこの前身となった星谷城で育ち、城の南西に位置する星谷寺に深く帰依していたことから、城地が星谷陣場と発展した後にもこの寺でよく「戦勝祈願」を行っていたと伝えられ、今に残るわずかな氏照古文書集の数の中でも、「北条氏所領役帳」の中でも、はっきりと氏照の所領として座間が記載され、なんと星谷寺宛ての朱印状は、永禄8年（1565）・天正1年（1573）・8年（1580）と3通にもおよびます。また、この地域への他の朱印状が2通あり、「鈴鹿明神社棟札」も存在していることから、特にこの寺と地域が大事にされていた様子が窺い知れます。

　さて、父の遺言を具体化する時期がやってきたことを悟った氏康は、「由井源三を世に登場させる時は、幻庵先生とよく相談するように」と言われたことを思い出し、幻庵を小田原城の本丸（八幡山旧本丸）に招きました。ではそのあたりを見ていきましょう。

《小田原城八幡山旧本丸》　天文14年（1545）元旦、氏照満5歳。城内城外ともに新しい年を寿ぐ人々で賑わっています。相変わらず闊達で若い幻庵先生の声が廊下でして、茶坊主の「幻庵宗哲様御参上ーっ」の声も乾かぬ間にすぐに幻庵先生の顔が本丸に現れました。

「これはこれは大途様（宗主の尊称、お屋形とも）には、新しき年を迎えられ誠におめでとうござりまする」

「やぁ叔父上、おめでとうござる。どうぞ本年もまた万事よろしくお引き回しくだされ」

と互いに元旦の挨拶を取り交わしたあと、幻庵が、

「ゆるりと支度をして、これよりご挨拶に伺おうと思っておりましたところへ、大途様が愚僧をお呼び出しとのことで急ぎ参上仕りました。してこのたびは何事でござりましょうや」

「まぁまぁ、そう急かるるな。もそっと近くにお寄りなされ。まずは一献参りましょうぞ」

と氏康は小姓に命じ、朱塗りの杯を持たせて幻庵に渡し、その杯になみなみと祝い酒を注いで、自らの杯にも注いだ。

「甘露、甘露」と両者かけ声をかけながら数杯重ねたあと、「さて、美酒はほどほどにして用件とまいりましょうぞ」

幻庵が先に杯を伏せて話を切りだした。

「藤菊丸さまも今年で5歳に相成りまするが、殿にはこのほど座間入谷に城を築かれ、これを北条綱成殿の玉縄城の殿軍城と策された由、本日はそのことに関わることと存じまかり越しましてござる」

「さすがの幻庵先生じゃ。まさにお見通しのとおり、ご先代様がみまかられて以来、近ごろ世の中も騒がしゅうなってきたゆえ、いよいよかの遺言を発動する時期がやって参ったと存じているが、先生の申されるとおり、その星谷城と由井源三をからめて良き思案があればとご足労を願った」

「さようでござりまするか。ではまずは殿より計略の存念をお聞かせくだされ」まさに師弟の間柄、はたまた阿吽の呼吸というか、互いに含むところが合致したところで、氏康が先に己れの意のあるところを話しはじめた。

「まずは亡き父が先年申された、幻庵先生と図り時期を見て声高に「由井源三ここにありーっ」と天下に叫ぶは、この氏康、今の時代には得策にあらずと存ずる。それよりも、公方足利晴氏殿に嫁がれた叔母上御台所様

へ、藤菊丸5歳の初節句祝いの挨拶にことよせて、例えば「我が三男藤菊丸におきましては、最近古来よりの名族由井氏との養子縁組みを結び、合わせて由井氏を継承することと相成った。よって今の関東管領上杉殿や目代大石殿ほかの方々が支配されている古き由井領は、このたびの由井氏継承者藤菊丸が所有すべきものであると考えるに至り、その所有権を主張し、さらにその返還を求めて、この度の藤菊丸の端午の節句を期に、由井領座間入谷に星谷城を築き相続人由井源三が城主とし入城し、以後当城にて当該領土の返還取り扱い業務を行うことに相成り申した」とか、あたかも案内もどきに挨拶状を発給し、叔母上にはそれとなく公方様や管領殿に伝わるようにしていただければ如何かと思うのだが」

「それはまさに妙案でござる」幻庵は手をうって膝を乗り出し、「されば、彼の者達も驚き慌て、透破（忍者）などを放ってその事実を探り廻るに違いなし。そして我等が号令するがごとく、彼の透破どもは、確かにそこに星谷城があり、そしてそこに由井源三ありとすべてをそれぞれの主に言上するはず」

少し興奮気味に賛意を表する幻庵に、氏康が、

「さらに一言付け加えれば、多勢の軍勢を率いた後見人北条幻庵宗哲も源三の城にありとのう」と、急所を突かれた幻庵が大仰な動作で驚いて見せ、「これはこれは大途様には一本取られ申したわ。まぁまぁそれは戯れ言じゃが……。久しぶりにそれがしにも出陣させてくださるか。さすればすぐにでも我が所領の相模中郡や玉縄衆に命じて準備させねばなりますまい」

「さっそくご承諾いただきかたじけない。由井源三はあくまで儂が名代、全てを先生にお任せして取り仕切っていただく。またこの手当はあくまで玉縄城の北条綱成の後詰めでもあるということをご理解頂きたい」と結び二人の会談が終わりました。

その時、濡れ縁の向こうで、「二の丸若君御二男太夫どのーっ（後の氏政）、御三男藤菊丸どのーっ（後の氏照）、御四男乙千代様（後の氏邦）、奥方ならびに御五男新太郎どのーっ（後の氏則）御参上ーっ」と茶坊主の声がかかりました。嫡子新九郎を除き三兄弟を連れて、生まれたばかりの氏規を抱いた駿河殿が本丸へ年賀の挨拶に訪れました。幻庵は、皆々と新春恒例の挨拶を済ませたあと、ふと思い出したように、もう一度氏康のそ

ばににじり寄ります。

「大途様に申し上げたき儀はあとひとつ、由井源三殿はあくまで外交戦略の上での呼び名で、ご領内ではあくまで藤菊丸とお呼びなされ。このこと、家臣並びに領民にも徹底のほどをお願い申し上げる」と言い残して座を立とうとした時、また氏康が幻庵を呼び止めて、

「叔父上のご忠言この氏康しかと承わり申しました。して、早急にお呼び申したはもう一件の頼みがござりました。これっ小姓の者供っ、例の物をこちらに運べ」と居並ぶ小姓達に言いつけました。

やがて小姓達に担がれてきた物を見て幻庵は驚きます。それは正月飾りできれいに化粧された可愛い小振りの梵鐘だったのです。

「大途様、何でござりまするか。これは」

「何かとお尋ねあればご覧の通り、ほれっただの鐘でござるが」

「鐘であることは見ればすぐに分かりまするが」

訝る幻庵に氏康は笑みを投げかけながら答えます。

「この鐘は、元々は多摩の横山小野路村の小野神社にあった巫女鐘でござったが、故あって陣鐘として我が家に伝わり宝となったもので、儂が元服した享禄3年（1530）の小沢原の戦いの折に、これを家の宝にせよと初陣を祝って父からそれがしに下された鐘でござる。

叔父上もご存じの通り、吾等が祖父早雲殿が今を去る30年前に、相模三浦新井城を攻めて彼の三浦一族を滅ぼされた戦いの際に陣鐘としてこれを用いて兵を鼓舞し、寄せ退けの合図にもこれを打ち鳴らして大勝利を得られたという縁起の良い鐘でござる。永正16年（1519）、早雲殿亡きあとは、父氏綱殿も祖父から下されたこの鐘を陣鐘として用い、その後の高輪原の戦い（大永4年・1524）、岩付城での戦い（大永5年・1525）、鎌倉の戦い（大永6年・1526）に、そしてこの儂の初陣であった小沢原の戦い（享禄3年・1530）の際には、この鐘で大勝利したという誠にめでたい由緒のある鐘でござる。つい先だっての里見との戦いの時にもこれを使って勝利し、その霊験はまだまだ衰えませぬ。思い起こせば、父の鎌倉鶴岡八幡宮再興普請の期間は、われ等はもっぱら八幡宮への祈願のみに専念し、鐘を戦陣にさらすは八幡神に対して誠に不敬な行為と存じ、鐘は近くの江ノ島弁財天の傍らに合祀した騎龍観音菩薩におすがりして、鎌倉の宮再興の大願成就を祈り、併せて成ろうことならば新しき男子誕生の願いをも乞い願

小野神社の鐘

い申した。幸い八幡社は再興され、その願いも叶えられ、江ノ島の龍神様からはこの子を下され申した」

「ほほう、それはまた不思議なご縁のある鐘でござるのう、はて、その頃は愚僧は三井寺・箱根権現と渡り歩く修行の身でござった故に存じなかったが、して、この鐘をこの度は如何に」

「うむそのことでござるが、これより以後は師には藤菊丸や玉縄の綱成の事実上の後見人となって頂き、座間星谷城に入って兼務にしていただきたいのだが、同時にこの城から東南に見張るかす相模東部の空の下に所在する吾等が拠点、小机・玉縄・大庭・鎌倉・三崎の城をも後見して頂き、今や飽くなき攻勢を仕掛けて来て止まぬ房総・安房の里見に対する防衛をもご担当願いたく存ずる。藤菊丸の縁に繋がるこの鐘を、以後星谷陣場に備え付け、事あらば敵に向かって存分に打ち鳴らし、ご先祖様同様にありがたき勝ち戦を師のご坊に挙げて頂こうという、そういう寸法にござりまする」

「ややっ、これはこれは、またもや大途様には白の陣地をうまく取られ申した。誠に殿には敵いませぬなぁ。されどお任されあれ、この一件、幻庵しかと承ってござります。この子等が大きゅうに成られますまで愚僧がこの霊鐘をお預かりいたし、常は星谷城観音堂に安置し、一旦緩急あればこれを持ち出して打ち鳴らし、里見の奴輩を駆逐致しましょうぞ」

そう言いながら幻庵は、氏康の前で行儀よく並ぶ和子達を見回し、それぞれの子らに微笑みを投げかけながら、その目を氏康に返してゆっくりと瞑目してみせました。そして藤菊丸を手招きし、膝の上に抱きかかえると、

「今、父上が申されたこと、お分かりであろうが、端午の節句には儂とそなた様は霊鐘龍神姫となられたこの鐘と共に星谷城に参ることになり申した。さればともども仲良く暮らしましょうぞ。のう藤菊殿」

幻庵が強く抱きしめると、藤菊丸もまた、「はいっお師匠様、よろしくねっ」とそのあどけない顔を幻庵に返したのでした。

この鐘は応永10年（1403）（足利四代将軍義持の時代）、武蔵小山田庄小野路村清浄院の僧正珍が寄進を募って鋳造し、宮鐘として小野神社に寄進

したことに始まり、時の小野路城主（のちの三浦新井城主三浦道寸の曾祖父）に愛され、朝な夕なに時を報じては村の人々に慕われました。また、この地を通る鎌倉街道（鎌倉府中街道とも言われる）を行き交い、小野路宿に泊まる旅人達の通行安全をも祈ってくれていたという有り難い巫女鐘でした。

　しかし文明8年（1476）に起きた鉢形城主長尾景春の乱に発して起きた関東管領上杉氏の内乱中で、この小野神社の鐘は府中街道を往還していた山之内上杉勢の長尾の軍勢に奪われてしまいます。その後の永正7年（1510）に管領上杉顕定に反抗して武州椚田城（八王子市の初沢城で当時は椚田塁とも言われた）の城主三田弾正忠氏宗と戦っていた伊勢宗瑞が、共に戦っていた当長尾景春から戦後に譲られたものと考えられています。おそらく、当時越後に侵入していた山之内上杉顕定の討ち死により、主君を失った三田氏がこの城を明け渡してしまったことが発端で、もと顕定の旧臣でもあった景春も動揺して、このあと宗瑞に討たれる危険を察し、鐘を放置したまま逃れ去ったものかもしれません。とにかくその時にこの鐘が宗瑞の手に渡り、のちに伊勢宗瑞と三浦道寸との新井城合戦の折に、この鐘が宗瑞方の陣鐘として使用されました。宗瑞は勝利し、以後は霊鐘として北条氏の宝となり、最後には氏照にまで伝えられたと考えられます。では、この鐘の学術的な根拠を研究されているアダチ・クリスティ氏（神奈川県三浦市三崎町小網代、「安達則子生活デザイン事務所」）から提供された資料によって、この鐘の構造などをご紹介致しましょう。

　この鐘は、現在は神奈川県逗子市沼間「海宝院」の本堂に安置されていますが、二度の盗難にあったためか、通常は一般者が見学することは出来ません。したがって寺の前に掲示されている案内板に書かれた内容をみることにします。

　「応永十年（1403）足利四代将軍義持の頃造られた武蔵国八王子、小野大明神の宮鐘で、文明年間、扇谷、山之内上杉の兵によって持ち去られ、永正十三年、北条早雲が三浦新井城に義同義意の親子を攻めた時、これを陣鐘として使用したと伝えられている。徳川家康はこの鐘を八王子横山の高山城に軍用のため取り寄せた。のち長谷川七庄右衛門が拝領し海宝院建造のとき寺へ寄進したものだといわれている。

　　昭和五十年十二月　　　　　　　　　　　　　　　　長谷川海宝院」

またこの鐘の構造は、「海宝院応永十年銅鐘（神奈川県指定重要文化財）総高　1,006糎、鐘身　780糎、口径　520糎」とごく小振りの構造です。
　一方、東京都町田市の歴史研究家小島政孝氏の機関誌「小島日記研究会報第56号」に寄稿されている「小野神社宮鐘の物語」によれば、
　「（前略）鐘を撞かせていただくと、カーン、カーンという音色で、軽く高い音がしました。このことから、小野神社の鐘は、普通の鐘より材質が薄いと感じました。（後略）」
とあります。
　その後、安達氏からこの鐘のレプリカが現在小野神社にあると聞き及び、その音を収録していただき、八王子城研究仲間と一緒に聞いてみたところ、いずれの方々も上記の小島政孝氏と同意見となりましたが、特に面白いことに、「ウォンーウォンー…」と動物の鳴くような音が混ざっていることを発見し、みなさんの意見を聞いてみました。参加者の中のお一人、かって物理学を専攻された野原良夫氏は、
　「この音は振動体の発する音の内、基音の振動数の整数倍の振動数を持つ部分音が共鳴する「倍音」と呼ばれる現象かもしれない。あるいは、この鐘の持つ特別な唸り音かもしれない」と解釈されました。著者は、その唸り音にこそ、北条早雲以来、北条氏照に至るまで彼等の生涯と共に戦国時代の有様を目の当たりにして来た、この鐘の霊的な歴史ロマンを感じた次第です。
　では、また物語に戻りましょう。

〈幕間の解説〉　天文14年（1545）５月、端午の節句。
　当年とって満５歳となった北条藤菊丸（由井源三）は、母の由井殿を小田原城に残し、父氏康の名代として、北条幻庵の軍勢に守られながら星谷城に入城しました。そして幻庵は、氏康に念を押したように、さっそく藤菊丸を座間の領主として位置づけるための内政の基盤として、座間の大社鈴鹿明神社に働きかけ、藤菊丸を社氏子の総代である大旦那に据えるよう図りました。さらに、付近の無量光寺や星谷寺、その他の寺社に対しても、藤菊丸にしかるべき宗教上の位置と座を設けるというように、まずは神霊的な戦略で民衆と源三との絆を結ぼうと試みたのです。
　のちに鈴鹿明神社再興棟札に「大旦那北条藤菊丸」と書かれていたとい

うことや、朱印状に見られるとおり、星谷寺に対しては過分な配慮を示しているのもその由縁の一つでしょう。

　一方外政的には、由井源三の、およそ武藏全域にも及ぶ由井領継承権発動の噂は瞬く間に広がり、その効き目が現れ始めたのか、この年、関東管領山内上杉憲政等が駿河の太守今川義元や武田信玄と糾合し、氏康に対して宣戦を布告してきました。

　これが、由井源三がいよいよ戦国の荒波へ船を漕ぎ出した最初となったのです。

　戦国と申せば、この年、北条氏康は30歳で我等の氏照は5歳。今川義元は26歳、武田信玄が24歳、上杉謙信は15歳、織田信長は11歳、豊臣秀吉はが8歳、そして徳川家康はわずか3歳という、まさに時代は来るべき戦国の風雲児達が登場しはじめた黎明の時でもありました。

第2場　運命を定めた父氏康の河越城夜戦

〈幕間の解説〉　由井源三が座間星谷城に入った天文14年（1545）、早くも武藏河越城で動乱のきざしが見え始めました。そしてそれを助長するかのように、上杉憲政などは駿河の今川義元と手を結んだり、甲斐の武田信玄を誘ったりし、あるいは安房の里見義堯をけしかけたりして、関東における北条氏康の封じ込めと孤立化を図ったのです。例えば、武田家の著名な歴史書『甲陽軍鑑』には、「北条氏照は幼名を由井源三と称した」と記されているようですが、この時期に由井源三を喧伝した氏康の動向と野心が、上杉氏をはじめとした近郊の今川・武田等の足利幕府体制下の守護大名達の尊厳を愚弄するものとの怒りを買い、このような包囲網が敷かれたのでした。その結果として当時の覚え書きとした武田家の記録に源三の名が残され、『甲陽軍鑑』にも記載されたのかもしれません。

　さて、この武藏河越城は、かっては扇谷上杉氏の持ち城であったもので、天文6年（1537）に北条氏綱によって占拠された城でした。その河越城の周辺を、またぞろ公方足利晴氏や関東管領山内上杉憲政・扇谷朝定等の兵が再びこれを奪還せんと跳梁し始めたので、玉縄城とこの城を兼務していた北条綱成が、半年ほど前から約3,000人ばかりの兵をこの城に投入して守っていました。では、この戦いの様子をご紹介しましょう。

《武蔵国河越城》　天文15年（1546）の８月某日。

　この日くだんの公方軍は、総大将に足利幕府鎌倉府公方足利晴氏を仰ぎ、副将に関東管領守護山内上杉憲政と扇谷上杉朝定を擁し、岩付城主太田資正を軍奉行として、約８万にも及ぶ軍勢を擁して河越城を取り囲み、綱成に対して決戦を挑んできました。これに対して北条綱成も決死の覚悟で籠城態勢を敷き、北条氏康もまた、星谷城をこの一戦の総本陣としてそこに源三藤菊丸を据えました。本堂山よりくだんの霊鐘龍神姫を取り寄せ、これを北条幻庵に託して、府中高安寺に運ばせ、そこを本陣としました。そしてすぐに北条幻庵等と共に8,000の軍勢を率い、綱成を救援すべく河越城に駆けつけたのです。

　しかし氏康は、この決戦では初めから周到な計略を施し、何故かすぐには戦いの真っ直中には突入せず、攻撃をしかけては退却し、退却してはまた攻撃するということを繰り返しました。果ては公方晴氏（氏康とは義兄弟…妹の夫）に対して、この戦いでは中立的な態度で臨むよう求めるなど、少々弱気なところを見せたりして、最後は幻庵守備の高安寺の本陣に兵を引いてしまい時を稼いだのでした。

　この氏康の行動を見ていた公方軍は、次第に北条方と戦う気持ちも失せて、やがては公方方の各陣営内には氏康を侮る奢りの気風が強くなっていきました。一方籠城していた河越城の北条の兵達は、綱成の知謀的な指揮のもとに、士気は衰えず、戦いを仕掛けてくる公方軍に対して懸命に戦い、城を守っていました。

　この間を縫って氏康は、本陣を北条幻庵に任せ、自ら箱根山を超えて駿河の長久保城救援に駆けつけ今川軍と戦いました。とはいえ、心は常に河越城にあり、いつでも帰還できるように支度を調え、幻庵の知らせを待っていたのです。

　明けて天文15年（1546）の４月、本陣からの「頃は良し」との通報を受けた氏康は急きょ本陣に戻り、４月20日を期して、かねてからの作戦通り夜陰に紛れて河越城を取り巻く公方軍に襲いかかりました。

　この時の氏康の作戦とは、敵は８万という大軍、こちらはわずか8,000、まともに戦えば不利なことは分かっており、それではと自軍を幾つかに分けて車懸かり戦術による攪乱を敢行するしかないと悟り、あらかじめ、混乱状態の中でも自軍の兵を見失わず作戦遂行ができる方策を考えていたの

です。

　氏康は、まず敵味方を区別するために兵士すべての鎧の上に白衣を着せ、白衣の兵士は敵であっても討たず、敵を討っても首をとることを許さず、指揮官の命令通りに白衣の集団から離れることなく、すみやかに一糸乱れぬ同時行動が出来るよう徹底させました。

　そしてついに、北条の陣鐘龍陣姫がけたたましく鳴り響き、龍神の吼える声に驚かされ、熟睡中に不意を衝かれた公方軍諸隊は、複数の北条方先陣部隊の白衣集団が作る幾つもの渦の中（車懸かり戦法）に巻き込まれ、慌てふためき同士討ちを演ずる者があれば、武器を捨てて着の身着のままで逃げだす者ありという状態でした。そんな混乱状態の中を、氏康正規軍がまず城南方の柏原に布陣していた上杉憲政軍を衝いてこれを陥し入れ、その返す刀で西方の上戸に向かい上杉朝定軍を蹴散らし、朝定自身を討ち死にさせます。これを知った憲政は完全に戦意を失い、取る物も取り敢えず、ただ一目散に上野（群馬県）平井城を目指して逃れていく始末。一方氏康から離れて北方の福田方面に直進した北条幻庵部隊は、城の北口を抑えていた太田資正勢を横から襲い、下総方面に敗走させます。しかるのち、南、西、北方面の全ての同盟軍が壊滅していく中で、ただ東方の下老袋に本営を張っていた公方足利晴氏の一軍だけが取り残され呆然と佇んでいるのでした。これを見た城将綱成は、城内勢を率いて城から突出し、公方本軍を縦横無尽に攻め立て、足利晴氏を古河城へと敗走せしめ、ついに８万の河越城攻城軍すべてが壊滅し、北条軍の大勝利となったのです。

　そしてこの戦いで、北条氏康は一挙に関東中央部を手中に収めることになったわけですが、戦い終わってから氏康は、今回の戦いで敵方ではありながら、中立的な態度を装い参戦しなかった関東管領下の守護代のうち、滝山城の大石氏や天神山城（秩父市）の藤田氏等に対しては、その姿勢が日和見主義的な敵対行為であったと評価し、次のような処遇で和平を結ぶことにしました。

　つまり、大石氏と藤田氏などには一旦北条氏に降服させ、それぞれの家に北条家の子息を養子に入れることを約束させ、将来はその娘達（大石氏は比佐姫・藤田氏は大福姫）と養子とを娶わすことにより、彼らの家名と領土を安堵し継承させることを条件としたのです。

　この時点で氏康の子息等は、嫡子新九郎が廃嫡、次男の氏政が満８歳で

33

継嗣候補、氏照は6歳で大石氏の養子、氏邦は5歳で藤田氏の養子、新しく生まれた弟の氏規はまだあどけない2歳の、5人兄弟となっていました。

第3場　由井源三、大石源三となり武蔵由井野陣場の開発が始まる

〈幕間の解説〉　大石家や藤田家の養子に決まり、許嫁も決まった氏照（相手の比佐姫は生まれたばかりか、まだ生まれていなかったという説もある）と氏邦（藤田氏）でしたが、実際の養子縁組み手続きはもっと先になったようです。

なぜならば、北条氏が河越城の戦いで公方に大勝利して、その守護代の大石氏や藤田氏が降服したとはいえ、周辺の国人達の中にはまだ北条氏に素直に従わない者が多くいたからで、それらを北条氏に服属させるための外交交渉や軍事行動がまだ残っていたのです。

その例として、この年の12月には松山城（埼玉県東松山市）の上田氏が氏康に降参し、またその次の年の1月には、岩付城（埼玉県岩槻市）の太田氏が降参しています。そしてその年に、あくまで北条氏に逆らう下総の相馬氏に対して、氏康が軍勢を派遣していることからみても、その頃の様子を窺い知ることができます。さらに、表向きは北条氏に恭順を示しているかに装いながら、その実、何を策しているか分からない奥多摩の三田氏や檜原谷の平山氏なども、完全に従っているとは言えない状態だったのです。

そのような時代でしたから、敗者と決まった大石氏ですらまだ安心が出来なかったわけです。いわんや大事な由井源三を滝山城に入れて養育を託すなど、如何に剛胆な氏康とは言えどもそんな危険な賭けなどに手を出すわけもありませんでした。

結論として、氏康は、大石源三の滝山入城は時期を待つこととし、源三が成長するまでは今までのように座間の星谷城に温存していたに違いありません。河越夜戦でその霊的存在と力を遺憾なく発揮した霊鐘竜神姫は、順序として氏康からそのころ嫡子となった二男の太夫（のちの氏政）に贈られましたが、これまで通り星谷城本堂山に納められていました。

では、ここからは少々物語に私見を加えて筆を進めてみますが、大石定久と北条氏康が、養子となる由井源三を交えて会見した様子などを描いてみましょう。

34

《相模国当麻の時宗無量光寺》　天文16年(1547)、桜花舞い散る弥生のころ。

　昨年、大石定久に待望の姫・豊（阿豊とも、のちの氏照室比佐）が生まれ、今年も丈夫に育っていることを寿ぎ、定久と源三との初のお目見えを兼ねて、念願の養子縁組会談が行われることになりました。

　場所は相模当麻山時宗無量光寺の書院。

　かつては、この寺の寺地は大石氏の領地内にあって定久との縁も深かったのですが、氏綱の時代に、ここ相模国高座郡一帯は北条氏によって占拠されて北条の版図となり、今は北条氏も深く帰依し、氏康などは小田原から北へ向かう通行の際にはよくここを休憩地、あるいは会談場所として利用していたようです。

由井源三と定久養子縁組の場

　寺伝によりますと、時宗開組の一遍上人が近くの依知の草庵で修行中、かたわらを流れる相模川の渡し場付近で妙見菩薩の示現に出会い、この当麻の亀形峰（きぎょうほう）と呼ばれる丘に堂宇を建立したのが始まりだとされています。亀の形と称されるだけあって、この丘上に建つ寺の敷地は築城の際にもよく占地される舌端状台地上にあり、北条氏が北へ進軍するときには橋頭堡として利用されていたらしく、曲輪・土塁・堀の痕跡が現在でもわずかながら残っています。

　亀形の頭の先端に立つと、眼前に相模川が作り為した田名氾濫原と八景とも呼ばれる景勝の地が広がり、「おだわら道」（小田原―依知―大戸―由井―網代―坂本―吉野―軍畑―秩父を結ぶ伝馬道）の依知の渡し場を見下ろす交通の要衝ともなっています。

　ここから７kmほど南の座間台地上には源三の星谷城があり、今回はまだ幼少の源三にとっては近くて安全なことと、定久の「久し振りに相模を見たい」という想いが合致して、ここが会談場所に選ばれました。

　もちろん、互いに申しあせた数の軍勢に守られてやってきたのですが、書院に現れたのは、北条方が氏康・幻庵・源三藤菊丸。大石方が定久と弟の定基だけでした。

大石定久が先に口を開きます。

「大途殿、このたびは当家のために過分のご配慮をいただき誠にありがたく存じておりまする」

「いや、目代殿にそう言われると、この氏康かえって痛み入りまする。されど戦いの勝敗は時の運。武家の定めにござりますれば、これまでの次第はさらりと水に流して、以後は友としてまた新しき親戚として仲良くお付き合いくだされ」

互いの挨拶が済むと、氏康はさっそく我が子藤菊丸を指さしました。

「さればこの子が息子の由井源三でござるが、聞くところによりますれば、昨年の秋にはご当家では、この子の許嫁になる姫さまがお生まれになった由、両家ともども誠にめでたきことにござりまする。これっ源三。本日から、そちの義父となられる大石定久殿じゃ。ご挨拶なされよ」

氏康は初めてのお目見えの挨拶を促しました。

「はいっ。私が北条の由井源三です。本日より義父上のもとで大石源三藤菊丸と名乗らせていただきますので、よろしくお願いします」

と、きちんと答えました。

「おおっ、ご聡明なる男の子でござるのう。それがしが大石定久でござる」

定久は年齢以上に凛々しく振る舞う源三に感心したのか、じっと源三の顔を見つめていましたが、やがて、

「さすがに由井殿の子でおわすのう。確かに由井殿に良く似たお子でござる。いや、申し遅れましたが、その源三殿の兄の桂厳さまには今年で17歳になられ、武家で申せば元服祝いの年齢が過ぎた歳でござる。これまでの高乗寺の聖山大祝和尚の訓導のおかげよろしく、この７年の間に本山の鶴見総持寺ならびに同宗旨の芝高輪泉岳寺などでも修行され、大祝和尚からも、もはや一庵を結びなされて付近の曹洞宗大寺に通われるのもよろしかろうとのお許しを得ております。しかし、ご本人はまだまだと、しばらくは修行を重ねたいと申されるので、いずれは我等の滝山城内に草庵を営み、このたびは「桂厳暁嫩和尚」なる曹洞宗派のありがたき僧名を賜ってもおりますれば、将来そこに移っていただこうと考えておりまする」

と源三の兄桂厳のその後の成長ぶりを氏康に披露した。

「ああ、あの源三郎殿が、もうそのような立派な僧侶になられたか。誠に感慨深いお話を聞かせてもろうたものじゃ……」

氏康はここでしばし絶句して目には涙さえ溜めながら、

　「しかも、あの折のお約束通り目代殿の擁護のもとに、ありがたいことじゃ、のう源三。そなたも兄者に負けぬように修行せねばなるまい」

と、定久に深く頭を垂れ敬意を表した。そしてさらに話を続け、

　「さて、かたやこの源三の方でござるが、ご承知の通りまだこのように幼少ゆえ、これからも星谷城館に住まわせて独立向上心を養わせ、ここに控える我が叔父幻庵先生の後見のもとに、さらなる勉学に励ませたく思う身なれば、滝山城への入城はまた時期を見てご相談いたしたく存ずるが、如何でござろうか」

と、氏康は幻庵と定久の顔を交互に見ながら、本題に入っていきました。

　「委細承知いたしまする。つきましては、いま滝山城では、昨年大途殿と申し合わせました通り、当初は暫定処置として加治三河守ならびに遠山甲斐守により政務の代行管理をお任せしておりましたが、このたび、ここに控えおりまする我が弟定基が城代となり、大途殿のお指図通りに両家より奉行衆を数名立て、何事も双方の協議にて図り、あとは小田原評定衆のご許可のうえに御朱印をいただき実施いたす所存でござりますゆえ、このことご了承いただきたい。また、源三殿と我が娘豊（比佐）姫の婚姻については、互いの成長を楽しみにして待つことといたし、いずれの日にか大途殿の指図を待つことに致したく存ずる。さらに、我が身の処置は代理人に息子定仲を付け、共に五日市の戸倉城に入り、そして嫡子憲重は高月城に謹慎させ、すべての政務から身を退く覚悟でござりまする。なお、当家の全領土ならびに軍事等に関わる引き渡しの詳細なる打ち合わせは、この定基とそれにおわす幻庵殿のお二人に一任することを承知つかまつりまする」

　定久は一族の長者すべてが謹慎して城を明け渡す覚悟で、降服の証とすることを氏康に告げました。

　「あっぱれなご覚悟でござる。この氏康そのお言葉を聞いて安堵いたした」

　こうして、この日の両巨頭の会談は氏康のこの一言で終わりました。

　そして、ついに武蔵国の大半が北条氏の領土となり、合わせて由井源三が「大石源三藤菊丸」と名乗り、全領地を引き継ぐこととなったのでした。

〈幕間の解説〉　北条幻庵宗哲と大石信濃守定基の間で取り交わされた戦後

処理の会談で、早急に解決されなければならなかった最も重要な課題は、かって北条氏が獲得した大石氏の相模領と、ついこれまで大石氏の領土であった多摩川右岸の由井野を含む武蔵西部（いまの八王子市・日野市・町田市全域）等にわたる新しく占領地となった区域を確認し合い、その明け渡しを早急に実施させることだったと思われます。そのわけは、北条氏が北方や東方に進軍する際の橋頭堡ならびに兵站基地として、これらの土地が欠かせない立地条件を備えていたことと、このすべての領土が源三が継承権を持つ古代由井氏の由井領であることを天下に知らしめる必要があったからです。

その中でも、今は小田原城の出城となった滝山城に最も近い場所に位置する由井郷の開発が急務でした。話が変わりますが、この無量光寺の有力檀徒に当麻三人衆という者があり、そのうちの関山家は時宗開山一遍上人がここに堂宇を開くと同時に檀徒となって帰依し、当麻に住みついた豪族の一人でした。氏康の祖父伊勢新九郎長氏（早雲）が相模を攻略した頃から物資の調達や建設工事などに協力し、長氏・氏綱・氏康と三代にわたってなお当麻の問屋（商工業元締め）として君臨し、北条氏の家臣待遇を有する身分となっていました。

おそらく、源三の星谷城築城にも一役買っていたのではないでしょうか。

この関山氏の一族がこれから由井野を開発することになっていくのですが、そのあたりの経過を見ていきましょう。

《同じく無量光寺での会談》　氏康と定久の会談が行なわれたあと、書院には幻庵と定基だけが残り、相互の打ち合わせに入っていました。はじめに幻庵が定基に話しかけます。

「率爾ながら定基殿。我が殿は御身様に由井源三殿の知行地として、これまでの所領でござった「松木」に加えて「堀之内平（寺）沢内」、ならびに「高幡不動金剛寺を含む由木」を、このたびの滝山城代料として宛がわれると聞き申した」

と、定基に、これまでの大石時代の所領を安堵すると共に新領地を加えるという氏康の意志を伝え、それらが新領主由井源三からの知行でもあることを付け足しました。これに対して定基は、

「それはそれは誠に有り難き幸せかな。以後この定基、大途様いや由

38

井源三殿に対しても粉骨砕身の忠節を尽くしまする」
と安堵の色を満面に浮かべ、恭順の意を表します。続けて幻庵が、
「加えて我が殿は、相模高座郡の上下溝・当麻・磯部・座間は源三殿の
直轄領とするが、その地以外の、このたび「武藏権ノ介」となられる由井
源三殿の全領地も、良き大石氏の家臣達に分け隔てなく与えようと日夜苦
労されてござる。この大途様のお気持ちもお汲みくだされ」
と、わざとに律令時代の国司名である「武藏権ノ介」まで使って、和やか
に理を容れて話しました。すると定基は、ついほだされて、
「委細承知つかまりました」
とすなおに承諾してしまいました。さすがに、いま宣告された栄華の没落
に万感の思いが迫ったのか、一瞬目をしばたたかせ閉じて顔を伏せてしま
いました。定基としては、いまここで大石直系による統治の歴史が終わっ
たことを悟り、新しい領主由井源三と大石氏の養子となった源三とを重ね
合わせ、せめてもの血筋保全の最期の頼みの綱ともなった比佐姫の幸せを
念じ、未来の大石氏の安穏を祈るばかりだったのでした。相手の気持ちを
察してしばらく時間をおいた幻庵が、
「さて、本題に入りまするが、よろしきや。昨年、わが大途様が申し入
れを行い、そなた様もよくご存知かと存じますが、北条はこれより北関
東に向けて果敢に前進することに相成り申す。それには北への橋頭堡とし
てあるいは兵站基地として、早急に由井郷を開き、道を造り、側溝を穿
ち、上下水道を通し、市場を開いて町を造り、殿舎や多くの兵舎なども建
てなければなり申さぬ。そのために、当方では足利幕府創立以来、堀江氏
が城を構えていた八王子筋じごじ中宿から相模の海辺の土地を宛い移って
もらい、今は空き地に致した故、よっていま彼の地由井郷に住まうその他
の者等を他所へなりとも移されて、すみやかに明け渡してくださらぬか」
「それにつきましては、昨年大途様の要求がござりまして、その後すぐ
に当麻の問屋衆が参られ、ご指示をいただき万端相整っておりますれば、
いつなりとも作事を開始なされるがよろしかろうと存じまする」
「おおっ、さようでござったか。アッハハハハー、これで万事解決いや
誠に有り難い。やはり我等の目に狂いはなかった。これでご貴殿を城代に
ご推挙いたした甲斐がござったと申すものじゃ。この幻庵、もう何も申し
上げることはござらぬが、あとのことは滝山城の実務方にお任せ致します

39

るゆえ、よしなに」

と、呵々大笑して、手を差し伸べる幻庵の手を固く握り返した定基の心の中を、恩讐を超えたあとの爽やかな風が通り抜けました。後は酒席となり、互いに肩の荷を下ろし、武将同士の付き合いとなって、杯を取り交わしながら和気藹々と語り合うのでした。

幻庵「ところで定基殿、御身様には跡継ぎがないと伺っているが」

定基「いかにも、某とてもさることながら兄定久の嫡子憲重にも同様にござる」

幻庵「うむ、それも存じておるが……」

定基「して、それが何か」

幻庵「誠に突飛な相談でござるがのう、まずはこのお節介者の戯れ言とお聞き捨てくだされ。一つには、小田原城評定衆のひとり松田尾張守憲秀殿は無類の子福者ゆえ、その内の誰か二人ほどを御身様と憲重殿の養子にと、いまふっと思い付いたところでござる……。フム、これは良き妙案じゃ。如何でござろうか定基殿、よろしければこの拙僧が仲立ちを致しましょうぞ」

定基「それはまた願ってもなきこと、我が家にとってもめでたきこと、是非御坊にお任せ致しまする」

やがて、この話題は実現することになり、一人は「憲重の養子大石四郎右衛門」となり、あと一人は「定基の養子大石信濃守照基」となりました。数年後には共に八王子城主北条氏照のブレーンとして活躍することになります。二人がそんな将来の夢などを語りあっていたその時、廊下で、「関山弥五郎様、お着きっー」と、可愛い小坊主の声がして、間もなく敷居際に、座主に案内されてきた関山弥五郎の平伏する姿があった。

「やぁ、弥五郎殿、近こう寄られよ。わざわざ呼びだてして相済まぬ。先ほどは大石定基殿と由井野のことなど話し合い、作事着工のご理解を得たところであった。まずはご一献参られよ」

幻庵の差し出す杯になみなみと注いでもらった酒を、弥五郎はぐいっと飲み干しました。そして、定基に向かって、

「ご城代さま。先だっては由井野全域をご案内くだされ、誠にありがとうございました。この後もよろしくお引き回しのほどをお願い申し上げます」

40

「ご丁寧に痛み入る。して、あのあと由井神戸に宝泉寺を開山なされ、村の鎮守山王社も勧請されたとお聞きしているが」

「おかげさまで。後日、熊野の新宮寺にも由井野開発を祈願いたしまして勧進帳に寄進、ご記帳を致してまいりました。この上は、定基様のご許可あり次第、作事に着かれよとの幻庵様よりのお達しがござりましたなれば、さっそく明日より掛からせて頂きまする」

「それはお手際のよいこと、この定基からもお願い申し上げる。では着手祝いに某からも一献参ろうぞ」

弥五郎が定基からの杯を干したところで座が開け、酒宴は春の夕刻まで続き、大石源三誕生と由井野開発の話題に花が咲きましたが、開け放たれた書院の板の間にはそれを祝うがごとく、降りしきる雪と見紛うばかりの桜の花びらが舞い込んでいたのでした。

第3幕　源三由井野へ入部し、 そして元服する

第1場　源三、由井野の源三屋敷に入る

〈幕間の解説〉　氏康が夜戦で勝利し、およそ関東の中央・南部の殆どが平定された天文15年（1546）からほぼ3年の間は比較的に平和な時代でした。しかも氏康はこの静謐の時期に、領土内の経済安定を図るために税制の改革まで成し遂げたのです。一方、由井源三は、それまで通りに座間の星谷城に住み、幻庵の家臣達に守られながら幻庵先生の教鞭を受けて育ち、天文19年（1550）もう10歳になっていました。師匠からはまず国史に始まり、儒教や仏教などから主に宗教的な素養や礼式を学び、漢詩を基本にして和歌を始め、万葉・古今・新古今といった歌詠みの道や茶道、そして中国から伝わった兵法に加えて軍事行動や築城に必要な天文・陰陽道・占術なども教わり、その他に、たしなみとして音曲、とくに笛などを奏する手習いを受けました。

この北条幻庵（宗哲）長綱という僧形武人は、当時の社会では第一級の教養人でしたが、大途の氏康や一族の男子は無論のこと、女子にいたるまで、身内の者に教育を施すことを怠らなかったようです。その点では父の早雲の遺訓をもっとも受け継いだ人といっても良いでしょう。

例えば、今日でも甥の氏康の娘鶴松院（法名）が吉良氏に嫁ぐ時に与えた家訓が残され、著名な「幻庵おぼえ書き」として伝えられていますし、また、北条一族の中から歌人など文化人が輩出したのも幻庵のおかげと考えられるのです。参考までに、「幻庵おぼえ書き」は永禄5年（1562）に書かれたもので、その頃から指折り数えて13年後のこと、面白いことに幻庵が鶴松院に、当時は滝山城主であった氏照に会う時の礼節を説く場面があり、「源三どの」という呼び名が記されていますので、当時は氏照がいつまでも誰からも源三と呼ばれていたことが確かであるという良い証明にもなっています。

　ちなみに氏康には、

　　都鳥　隅田かはらに船あれど　ただその人は名のみありはら
　　たのみこし身はもののふの八幡山　いのる契りは万代までに

などがあり、氏照には、

　　逢坂の　関の東にもののふの　名やはかくるるもち月の駒
　　吹きとふく風な恨みそ花の春　紅葉の残る秋あらばこそ

と詠ったものがあります。特に氏照の和歌には、近畿地方に旅をしていて故郷を偲んで歌ったと思われる「逢坂の関」という地名が表現されていることから、青年期の17歳頃（青年期の最も空白した時期）、亡き兄新九郎の菩提を弔うために、東海・近畿への旅修行（氏康に替わって高野山高室院代参）の経験があったのではないかと思われ、私の著書『小説　北條氏照』ではこの旅の場面を詳細に描きました。さて、北条氏の版図はますます拡大の様子を呈し始め、天文20年（1551）には、氏康はいよいよ北関東へと馬首を巡らせ、さらなる版図拡大に努め始めます。

　余談になりますが、この年、西の尾張では希代の英雄織田信長が家督を継ぎ、いよいよ戦国時代へと乗り出しています。そして、この頃から北条氏の広角的な戦国時代が始まったのです。まずそれは、氏康のみならず後々の氏照の時代に至るまで、約25年の間、苦労させられた、下総関宿城主で古河公方足利晴氏の宿老であった梁田晴助との、関東公方を中に挟んだ相克からでした。

　話は変わって、養父の大石定久の死亡時期ほど、紛らわしいものはありません。説は幾つもあるのですが、一番早いのは天文18年（1549）となっていて、定久が56歳で、そして氏照が9歳の時のことですが、例えばそれ

42

から6年後に、定久の長男憲重と由井源三が再養子縁組みを結んでいることを考えてみると、この縁組みが定久亡きあとの憲重への申し継ぎ事項であった可能性があり、この説の信憑性はますます高くなるわけです。したがって、この物語では、これを採用して語っていくことにします。

さて、定久の死亡から3年経った天文21年（1552）、氏康は残る北関東の覇権を求めて、管領上杉憲政が立て籠もる上野平井城を攻め立て、防戦に耐えられなくなった城主憲政は城を脱出し、越後の長尾景虎を頼って逐電してしまいました。この事件というのは、永らく関東に権勢を奮い君臨した関東管領職上杉氏の実質上の滅亡を示します。この後に憲政は管領職を長尾景虎に譲ってしまい、上杉景虎（謙信）が誕生することは皆さんも良くご存じの有名な話です。同時に氏康に反抗してやまなかった関東公方足利晴氏も退任し、後は前公方晴氏と氏康の妹との間に生まれた義氏が新しい公方となります。つまり氏康は公方殿の叔父となったのであり、事実上の管領になったのと等しいことになったわけです。ちなみに幻庵のおぼえ書きにも、「屋形（氏康）は今、管領にて候」と書かれていることから見てもそう言えましょう。

氏照の身内でもこの年に、もともと継嗣であった新九郎が死去し、法名天用院と命名されて葬られましたが、この時点では、兄の氏政が新しい継嗣となり氏照が次男となりました。

さてそれでは、我等が由井源三はその頃座間の星谷城でどうしていたのでしょうか。

天文22年（1553）、今や源三は満13歳。前年、前管領を関東から追放し名実ともに管領職並にのし上がった氏康は、そろそろ由井源三を自己の代理人として、滝山城を至近に臨む完成したばかりの武蔵由井野陣場に移動させ、滝山城入城を前提とした実行支配の訓練をさせようと画策していました。

当の源三は、約8年にも及ぶ幻庵の訓導を受けて身についた言行所作や風貌も急に大人びてきた上に、その家臣達と共に星谷城陣場での日々の戦闘訓練を体験してきたおかげで、筋骨隆々として体格たくましく、どこから見てももう少年とは思えないほどに成長していました。

その年の秋、軍勢をきらびやかに飾り付けて隊列を整えた由井源三（当地ではあくまで藤菊丸）の一行が、付近の寺社関係者や領民達、そして師

の幻庵に見送られ、「藤菊丸さまーっ、お達者でーっ」との群衆の別れの声をあとにして、午前には座間星谷城を発ちました。堀の内・磯部、そして上溝・下溝から当麻の無量光寺に入って昼餉をとり、上依知の渡し場から相模川左岸の小田原道を北進します。塩田・田名から大戸関へと、そこで繋がる古鎌倉道と合流して相模国から恋路峠を越えて武蔵国（現八王子市）に入り、殿入りから湯殿川沿いの四谷に出てさらに椚田丘陵を越え三田砦に至り、浅川を渡って初めて船田丘陵の月夜峰に立ちました。

《由井野の月夜峰》　かって、北条氏の領土の北端であった椚田の三田砦で一行を出迎えたのは、早雲以来この一帯を仕切っていた近藤氏（実名が不明）と孫の助実（綱秀）でした。

　　この近藤氏に関わる出自と由来については確かなことは分かりませんが、湯殿川の支流と交わる四谷（現在の館町殿入）の南丘陵上には曹洞宗淨泉寺があり、この寺の開基が近藤氏でその敷地が城趾であったと伝えられています。おそらく、16世紀初頭の永正元年（1504）頃にこの辺りを支配していた扇谷上杉朝良の被官長井氏の家臣の一人だったのでしょう。片倉城および初沢城は長井氏の居城であったと伝えられていることから、近藤氏の知行地を今の館町付近と類推することが出来ます。その近藤氏が、当時山内上杉顕定に敵対し、扇谷上杉朝良を援助して相模から参戦した北条早雲（当時は伊勢新九郎長氏）に従って、立川河原で戦いましたが、利あらずして近藤氏の主君の長井八郎は敵に囚われの身となり、早雲自身もからくもこの椚田塁（初沢城）だけは守り抜きました。そして、共に戦って功績のあった近藤氏にこの地を託し、早雲の領土の北境の防御を任せていたものと考えられます。

　　そして今は孫の助実がこの前線の指揮官を務めていました。助実の歳の頃は26歳くらいだったでしょうか。おそらく、北条氏綱存命中に父を亡くし、若年で元服を果たして家を嗣いだせいか、氏綱の名の一字をもらって「綱秀」とも称していましたから、祖父氏綱を失って12年になる源三の年齢から換算すると、源三よりも13歳以上も年上ということになります。

　　やがてこの男が氏照から全幅の信頼を得て八王子城の重臣となり、おもに主城の南西部（現八王子市西部・町田市相原・相模原市大戸など）を守備する司令官となり、加えて下野の榎本城主も勤めました。八王子城合戦

では、おそらく63歳ほどの老将であった筈ですが、八王子城本城の最前戦曲輪であった「山下曲輪・あんだ曲輪・近藤曲輪」で前田利家の本隊18,000人もの軍勢を迎え討ち、激戦の中で討死にしています。

　天文22年（1553）、天高く空なおも青く、地上には真っ白なススキの穂が生い茂る秋も半ば。氏照満13歳。５年ほど前から源三は星谷城の本堂山に登り、毎日本堂内に安置されている騎龍観音様と霊鐘龍陣姫の前に坐り、座禅を組む習慣が付いていました。師匠幻庵に親炙（直接教わる）して座禅を学びはや幾とせ、禅学もまだ道の半ばですが、ここでじっと目を閉じ沈思黙考していると、近頃、鐘姫が自分に語りかける言葉を聞き取り、問答が出来るようになったのです。果たして座禅に没頭した極みがこのような幻想を氏照にもたらしたものでしょうか、黙して問答するという禅の奥義の開眼にさしかかっていたのでしょう。この朝も、観音堂の扉を開くとすぐに座禅に入り、日課となっていた鐘を撞くと「ウォーンウオーン」と馴染みのある音がして、やがてその音が人の声のように変わっていきました。

　「今日から由井の陣場とやらに行ってしまうのね。寂しいわ」

　「あぁそうじゃ、姫とはしばらく別れることになるが、いつでもまた会えるし、大事の時にはすぐに由井へ駆けつけてもらう。それまで待っていてくだされ」

　「分かりました。その時が今から楽しみだわ。では、どうかお体に気をつけて行ってらっしゃいませ。向こうでは自己をなるべく抑え、日々皆さんと仲良くし、人のためになることに専念なれませ。決して内輪で争わぬようにねっ」

　姫の声はさりげない普通の挨拶にすぎませんでしたが、姫の心が源三の心に母か姉のように、そして今日の空のように青く心に滲み渡り、気持ちが引き締まっていくのでした。

　「さぁ、出発だ」

　氏照は周囲に控える馬廻り衆に声をかけると愛馬白龍に跨って城の門へと向かいました。

　門前では、近藤助実が待ち構えていて、源三の愛馬の轡を取りいよいよ進軍です。助実が一行を案内して中野（八王子市長房）から不動坂を登

45

り、月夜峰（現在の共立女子大学敷地一帯）の丘上に到着すると、目前に大石定基の名代大石定仲（当時20歳）が滝山城の奉行衆等と共に馬列を整えて出迎えていました。そして源三の姿を認めると、馬上の騎士達は一斉に馬から降りて騎乗の源三に敬意を表し、定仲だけが源三の馬前に進み出ました。

大石源三月夜峰に立つ

「由井源三殿。遠路ご苦労様にござりました。われは大石定仲と申しますが、ご城代定基殿が由井源三屋敷にてお待ち故、それがしが代わりにご案内のため参上つかまりました」

「出迎えご苦労にこざります」

定仲に爽やかに挨拶を返した源三は、何故かすぐに、西方の空に顔を向けて一際そびえ立つひとつの山を指さしました。

「定仲殿。あれなる山は何という名の山でござるか」

「さればこの辺りでは深澤山と申しておりまするが」

「そうか、あれが深澤山か。うむ頂はここより約100丈（約300m強）と少々ばかりかな。さればあの下の辺りかのう、由井野と申す所は」

源三は、懐から小さな紙片を取り出し、それに書かれている絵図を見ながら、やがては己が城八王子城の土台となる深澤山頂を指さし、そこで指を止め、月夜峰と深澤山との比高差を暗算しました。さらに東の方に下る稜線を指さしながら、これから自分達が向かう由井野辺りで指を止めました。

「ご明察、恐れ入ってござりまする」

「助実、暗算するにあと20町（約2,000m強）ばかりだ。ではゆるりと参ろうぞ」

と、早くも馬の横腹を軽く蹴り、馬列の先頭に立って行った。

「恐るべきご養子じゃ。あの歳で測地の算学をめぐらすとは」

後に従う定仲が呻きます。轡を取る助実にも同様に思い当たるふしがありました。ここまで来る間、馬上の源三がしきりと何かを呟いているのに

気づいていたのですが、いまにして思えばそれが、「浅川浅し沼深し、おだわら道とはここ、この辺りに砦可決」などと、これまでの道程とその地形を表す断片的な言葉だったのです。

　なんと源三は由井野へ入部するにあたり、あらかじめこの辺りの地形に詳しい者に教わってきたことを馬上で実態と比較復唱していたのでした。

　しかり源三は、今まで師幻庵から常に諭されてきた、「お身様は、これより如何なる地におわすとも、身の回りの地の理と地の利を学ぶために、いつどこであろうとも己が目と耳と足とで得たことに、さらに思考を加えて、確かなものにしていくことを怠ってはなりませぬぞ」という進言を、この8年間の座間在住のころから一度たりとも忘れず実践していました。

　したがって今の場合も、習慣となっている源三の通常の姿にすぎなかったし、やがてこの訓辞が規範となり、源三の生涯の行動体系が出来上がっていくのです。

　月夜峰から開戸へ下り、そして慈根寺から由井野四谷へと進むと、もう既に開発された武蔵由井野陣場の中を通過します。その道すがら、新しい領主を見ようと集まって来た多くの村人達の温かい歓迎の出迎えがありました。源三が一番驚いたのは御殿谷川（城山川の元の名称）に沿って一間半ほどの広い道が四谷まで整備されて続き、支流（現在の城ノ越川・大沢川）を越えるためには堅固な橋がかかり、道の左右には数千の軍勢が宿営できるほどの新しい兵舎がずらりと建ち並び、建物の間には網の目のように上下水溝が巡らされていたこと。また、それら兵舎は幾つかに分けられてそれぞれに付属する馬小屋や馬場が併設され、しばらく行くと目の前に広大な平坦地が開け、兵馬の集団訓練が可能な野戦調練場が展開していました。その向こうには、由井野を南北に貫き四谷を中央にして、南は横川から北は神戸に至るまでの10町（約1km）ほどにも及ぶ大通り（山の根鎌倉古道の改造）が整備されています。両側には数々の商品を売買する大市場が開設され、北の諏訪神社と南の西蓮寺が総代となり、その名も八日市場と命名されていました。

　市場大通りを境にして、総じて西側一帯は山麓まですべて軍事施設で埋まり、東側一帯は寺社地や領民の居住地に分けられているという、そこにはまさに8年前に北条氏康の命により着任した、関山弥五郎による町割りの傑作が展開されていたのです。

その景観が後に漢詩に詠われ、「郭外民家七八千」と吟詠されたのもあながち誇張ではなかったのです。

　源三の一行は、そんな八日市場の賑わいの中を、多くの人々の祝福を浴びながら諏訪宿に至り、そこから由井源三屋敷を目指して大通りから離れて山麓の弐分方に向かいました。市場から一歩離れれば商人達が立てる物音や喧騒が途絶え、一行は様々な形に区切られた軍事施設の間を抜けてしずしずと通っていました。その時突然目の前に、上段に塀を載せ連ねた土塁が出現して隊列の行く手を遮りました。あとに続く定仲が説明します。

　「源三殿。この土塁塀は600年前の由井牧の時代からここにあったもので、上部に野堀川という水路が設けられ、遠方の馬に水を与えるために造られた牧堀という珍しき形の施設でこざる。この度は弥五郎殿がこれを改造して水路はそのままにしてお屋敷を取り囲む土塁塀にいたしてござりまする」

　「やぁ、これは実に珍しきもの。もし戦が始まった場合、兵士達が面前の土手の水を汲みながら戦うという姿が想像されて楽しきもの。あとでまたゆるりと見ることにしよう」

　定仲と話しながら土塁塀の下に沿う路地を行くと、すぐにくだんの土塁塀が途切れて瀟洒な造りの屋敷門の前に到着しました。源三が先に馬を下りて門をくぐった時、「お帰りなさりませーっ」と、奥から一斉に大勢の人々が合唱する声がして、源三が驚き、「今のはっ」といぶかしげに定仲を振り返ると、定仲は、「由井氏ゆかりの者達でござりまする。彼等の若君が帰って来られたことを歓迎していてござりまする」とにこりと笑いながら答えました。

　屋敷内に入ると、石畳の道が一直線に奥まで続き、その突き当たりの山の上から下る緩斜面には雛壇状に台地が造成されて幾棟かの殿舎が建ち並んでいました。最奥の御殿とおぼしき建物に繋がる道の脇には、由井氏の武士達とその子等が、源三が自分達の前を通る度に「お帰りなさりませー」と声をかけるので、源三屋敷玄関では由井衆が繰り返し唱和する声が、あたかも浜辺に押し寄せる波のごとく絶え間なく鳴り響き、裏山にこだましていました。

　しかり、彼等にとっては源三の由井野入部は彼等の当主の帰還という喜びであったのです。

源三は、感激でこみ上げる涙をこらえながら一人一人に黙礼を返しながら、由井野入部を前にして、幻庵から打ち明けられた己の生い立ちの詳しいいきさつをしみじみと噛みしめていました。

　やがて、山際の最上郭中央の、他の建物よりも特別大きめに建てられた書院造り御殿に案内された源三は、中に入り、高床を背にして右手に付け書院を有し、そして左側に千鳥棚と違い棚を有する上段の主座に座りました。目の前には出迎えの諸将等が左右二列に居並んでいます。

　左手一列に、北条氏から派遣されて滝山城の政務に携わる奉行衆と、末席に近藤助実・関山弥五郎。右手列には、滝山城代で由木城主の大石定基を筆頭に、高月城主大石憲重・戸倉城主大石定仲・小田野探題の小田野源太左衛門と大石氏の奉行衆が縦一線に並び、源三が主座に落ち着くのを待っていました。

　皆が揃ったのを見て大石定基が口火を切り、一同同時に、

「大石源三殿、由井野ご入部おめでとうござりまする」

と、歓迎の挨拶を発しました。

「各々方より、ご丁寧なお出迎えの言葉をいただき、この源三、誠に有り難く存じまする。今後ともよろしくお願い致します。して、早速ですが、この私の役目は大途様のお言いつけ通り、滝山城の副城代として政務に関わる書状等には目を通すこと、ならびに当陣場の管理と監視監督と相成っておりますが、それでよろしいでしょうか。またひとつ、今後この基地を「武蔵由井野陣場」と名付けることに致しますが、ご異存はありませぬか」

　源三が、諸将の挨拶を受けたあと、ごくくだけた物言いで礼を返したので一座の緊張もほぐれ、あとは和気あいあいの場となりました。陣場の新しい命名には皆も異存はありませんでした。そしてそのあとは、常に源三のそばにいて実務をこなす家臣達が選ばれ、由井野常駐の兵を滝山・小田原・玉縄・相模中郡から抽出して、合わせて陣場の兵を約500名と定め、それらを新築した兵舎に振り分けました。その時、庭番の家臣が書院の敷居にひざまずき、身をかがめると、

「庭に集まりし由井の者等が、源三殿に一言檄を賜りたいと申しておりますが、如何いたしましょうや」

と知らせに来たので、源三は「暫く失礼する」とすぐに会合を止め、立ち上がり玄関先から顔を覗かせました。「お館っ、お館っ、お館っー」と歓

49

迎の連呼の喚声が湧き起こり、源三は両手を上げてそれに答え、一同を制しながら由井の衆を見下ろす高みの場所に立ちました。少し遅れて書院の諸将たちも源三の横に並びます。

　見れば先ほど石畳の道の横にひれ伏していた連中ではありませんか。特に彼等が連れてきた子供達の声が喝采の中を突き抜けて聞こえてきます。

　「みなの衆、私が大石の由井源三である。皆とは今後親兄弟、これからは主従を越えて共に生きようぞ」

　少年に似合わず凛とした源三の声に、一人の家臣が「えいっ、えいっ」と叫ぶと、それに答えて衆の皆が「おーっ」と答え、「えいっえいっ、おーっ」の勝鬨が連続して起こりました。

　ついに源三は大石氏の養子としてよりも、西党由井氏の棟梁として由井衆に迎えられたのでした。こうして源三の由井野入部の１日が終わったのです。

第２場　若き日々の舞台よ廻れ！

〈幕間の解説〉　天文22年（1553）、大石源三満13歳。

　前年、関東管領上杉憲政が越後に逐電して以来、関東の国人達は頼る主を失ったせいか、さしたる争いを起こすこともなく、しばしの間、関東にはかりそめの平和が訪れていました。

　そしてこの年、越後の長尾景虎は上杉憲政から己の養子になって欲しいと頼まれ、同時に家督を譲る条件として、関東管領職を継承し、再び関東を北条氏の手から奪回してもらいたいと懇願されます。景虎は、この４月に開始された武田信玄との第１回川中島合戦とその一連の戦いを終え、越後の山々に雪が近づく秋も末、憲政の申し入れを承諾しました。そして、正式に朝廷や室町の足利幕府から承認を得るために軍勢を率い、憲政と共に上洛の途についたのです。そんな最中、景虎や憲政の都での動静を気にする暇もなく、源三は遠く離れたこの由井野の地で付近の子等を集めては、日夜領民との実践的な交流を図ることに専念していました。しかり、師の幻庵から学んだ８年間の、いま知る限りの自分の知識と学問を領民達に与えようと考えていたのでした。父から指示されていた滝山城運営に関する予備訓練は、いつでも出来ることで、幸い優秀な家臣が身の回りで毎日の通常業務をこなしてくれているので、さしたる問題はありません

でした。源三としては、かって敵国であった城の監視監督に携わることで大石氏の家臣達の不要な疑心暗鬼を招くよりは、自らの身体を彼等の輪の中に投げうって余分な警戒心を解きほぐし、理解しあった上で信頼を勝ち取り、融和を図って行くことのほうが得策であると考えていました。しかり、しばしの別れに、霊鐘龍神姫から諭されたことの実践が始まったのです。

　まずは、先日源三屋敷へ入る際に盛んに喚声をあげていた由井衆の子等に号令をかけ、その親たちの了解を得て、毎朝屋敷に集まることを徹底させました。初めに文字を書かせてみて正しく書いた者は褒め、間違っている者には正しく書けるまでやり直させました。あるいは源三が紙に書いた手本の文字を見せて、皆で一斉に声を合わせて読ませるなど、源三の工夫をこらした手習い塾がいま盛んに行われています。

　さて、お昼時。星谷城から付いてきた女人達や、義兄の大石定仲が身の回りの世話にと寄越してくれた女人達が「おむすび」を握ってくれて、それが振る舞われたあと、子供達は武蔵由井野陣場の軍事調練場へ全員が繰り出し、紅白に分かれて「合戦ごっこ」です。演習の基礎を学び合わせて彼等の身体を鍛えるのでした。

　もちろん教授方には、大石定仲や小田野源太左衛門、そして近藤助実等が協力を惜しまなかったので、そんな時間的な余裕が出来たところで、源三は塾生の中でも自分よりは年長の者を選び、それらと共に領内をくまなく見分して回り、幻庵から諭された地の理と地の利の探索と冒険を兼ねて付近の野山を駆けめぐっていました。

　さて、皆さんもここで想像をたくましくされるに違いありません。それというのも、この冒険行脚の中には、当然あの深澤山（のちの八王子城要害本丸）が入っていたのではないかということです。けだし後年、八王子城築城の選地・占地を行った際には、おそらく大いにこの時の体験がものを言ったに相違ないと考えられるからで、この少年の心の中には、もうこの頃から「大きくなったらこの山に由井城（後の八王子城）を築こう」という夢が芽生え始めていたのではないのでしょうか。

　やがて武蔵由井野陣場での源三のこの初期方針と実践が実を結び、その後、この運動が曹洞宗心源院（八王子市下恩方町）の卜山禅師や同宗少林

51

寺（八王子市滝山町）の桂厳暁嫩和尚に受け継がれていきました。こうして、滝山城には独特な禅の気風が醸成され、氏照の滝山城主時代にはこの子等も立派な青年に成長し、その基盤の上に立って培われた強力な軍団由井衆が育っていたと、現代においても評価されている独特な士風が完成されて行くことになります。くだんの小野神社霊鐘は時々星谷城から由井の陣場に運ばれ、訓練によって完成した戦闘術の節目ごとに鳴らされ、家臣達の体の隅々にまで記憶されていきました。これらは一朝一夕に出来上がったものではなく、おそらく氏照の由井野入部によって、由井の少年達が源三との遊びを通して共に鍛えられ、次第に家臣団や宗教家の理解と協力を得て滝山城の正規な教育必須科目となったのでしょう。鍛えられた子供達が次第に成長して家臣となり、由井衆の名で結実したものと考えられます。

　北条史の研究で名高い史学界の杉山博先生も、ご自分の著書で「滝山城の家臣の多くはこの由井衆を踏まえて成り立っていた」と書いておられます。

　現在、少林寺の檀徒の70％以上が滝山城時代から続く北条氏照家臣の末裔達であるということを見ても、このように語り伝えられた由井衆の勢いを偲ぶことが出来ます。

　天文23年（1554）、源三満14歳。
　源三の果敢な活動が続く中、その年の７月には姉の早河殿が駿河の今川義元の嫡子氏真と結婚し、同時に、弟の氏規もまた今川氏の証人となり駿河へ赴きました。そして12月には兄の氏政が武田信玄の娘、黄梅院（法名）を娶り、小田原城に迎えるという慶事が続きました。

　あまつさえ、しばらく静止していた公方の足利晴氏・義氏親子が北条氏に反旗を翻すという事件が起きたりして、源三もまた主城の婚儀と武蔵由井野陣馬を基地として出兵していく軍団の世話や兵站調達の補佐で多忙な日々を送っていました。本来ならば、15歳になる源三の元服式が当然行われるはずでしたが、北条方では実の所それどころではなかったというのが本音でした。結局、源三の元服式は翌年に見送られることになりました。

　そもそもこのような忙しい事情になった裏には、ここ２、３年来、甲（甲州武田）・相（相模北条）・駿（駿河今川）三国の間で互いのわだかま

52

りを解消するために今川氏の黒衣宰相と呼ばれた大原雪斉（おおはらせっさい）が仲立ちとなり、武田信玄・北条氏康・今川義元の三者が手を握り、三国同盟（一種の相互不可侵条約）が結ばれたことにありました。

　そしてこの同盟の実効性を確実にするために、２年前に今川義元の娘が信玄の嫡子義信に嫁いだ実績に準じて、氏康の娘を今川氏の嫡子氏真に、そして信玄の娘を北条氏の嫡子氏政に娶らせることにより、あたかも三者は「三すくみの形」となり、同時に親戚ともなってお互いに目出たし目出たしとなりました。この同盟で妙なのは、氏照の弟氏規までが何故人質になったのか、ということです。おそらく、人質というよりも、この機会に今川家に正式に伝えられている京の礼法・礼式を北条氏を代表して是非氏規に学ばせようという考えが氏康にあったからではないでしょうか。因みに、氏規は永禄の頃になると、この修得知識が北条氏の外交交渉に適い、足利幕府の相伴衆（しょうばんしゅう）として認められ、兄氏照が後見していた足利関東公方や、京の室町幕府との折衝に当たっていた宗主氏政の片腕として活躍することになります。事実この同盟は、これより永禄10年（1567）までの13年の長きにわたって守られていくことになり、戦国史上、東西勢力の微妙なバランスを左右した重要な盟約となりました。

　年号が変わり弘治元年（1555）、源三満15歳。

　この年、それまで高月城（八王子市高月町）で蟄居していた大石氏の嫡子大石源左衛門尉憲重が謹慎を解かれ、大石氏の古き主城であった浄福寺城主に返り咲き、氏の長（おさ）であることを示す国司名「信濃守」を号して亡き父の意志を嗣ぎ、由井源三と再養子縁組を結びました。

　北条氏ではこれを良い機会と捉え、この年、数え歳16歳になった源三の元服式を滝山城で行うことにしたのでした。この一連の説については、歴史上多少の問題点もありますので、それについての私の解釈を付記します。

　ここで少し年表を前に戻し、その後の憲重と源三の関連を追ってみましょう。

　大石定久の死亡時期は前述のとおり、６年前の天文18年（1549）としましたが、実際のところ、その後にも定久は天文20年（1551）・同21年（1552）・同22年（1553）と３回も歴史の舞台に現れて足跡を遺しており、しかも、まだまだずっと長く生きていたのだという伝説的な風説もありま

す。このように定久の死亡時期というものはいささかあやしいのですが、上記のとおり、この２年前の足跡を定久生存の最後のものとして考えて類推しますと、この２年後の弘治元年に、嫡子の憲重が父の死によって途切れた源三との関係を修復するために、再縁組みという形で繕ったのではないかと考えるのは、あながち的外れではないと思うのですが、いかがでしょうか。

　さて、憲重はその他に、父の遺言であった源三の兄桂厳（元由井源三郎、当時満25歳）を、滝山城山麓の東南で、しかも「風水四神相応辰巳の景勝地竜の池」のほとりに一等地を与え、「少室庵」なる禅風草庵を結び、桂厳暁嫩和尚を迎え入れました。すなわちこれが後の元亀元年、少林寺創建の基礎となったのです。またそれにとどまらず、憲重は、源三13歳の折、源三の由井野入部に伴い髪をおろし、当時座間星谷城の本堂山観音堂に籠もって読経三昧の日々を送っていた源三の母、由井尼（仮の名）を、源三の元服を期に、氏康に由井野に招くことを願い出て承諾を得ました。そして、真言宗大幡山宝生寺（八王子市西寺方町）の快盛坊（頼紹、のちに八王子城本丸で焼死）と関山弥五郎の寄進により、由井源三屋敷の山際に観音堂を建て尼に入座してもらい、それまで星谷城の本堂山にあった霊鐘竜神姫もこの機会にと、由井報恩尼寺の観音堂に移されたのでした。めでたく源三との再開を果たさせた上で、桂厳を含めた母子兄弟の邂逅のためにも力を尽くしたと思われます。その証拠と言えば何ですが、この報恩寺は後の天正の頃にこの宝生寺の末寺となっており、今でも由井源三屋敷地内にその朽ちた姿の一部を留めています。

　さらに、源三が元服したあと、これまでの浄福寺城を「由井城」と改名し、自分の代わりに源三を入れて城主にしようとしたようですが、この「由井城への改名説」は著名な研究者も唱えていることで決して私だけの一人よがりではありません。ですから、この時点で、源三は元服して名も「大石源三氏照」となり、もはや正真正銘の大人として認められ、身を源三屋敷に置きながら、父に代わって直接滝山城の政務を監視監督する立場の城代格と武蔵由井野陣場長を兼任した上で、座間の星谷城とこの由井城主も兼ねる存在となっていたことになります。さて、元服式は、当然のこととして養子先の滝山城で行われました。その情景を見てみましょう。

《滝山城本丸》　この年、北条氏康は大石氏から明け渡されて新しく北条領となった武蔵中部の検地を実施しましたが、それは有名な『北条氏所領役帳』の編纂に関わる一連の検地でした。そんな大事業の最中であったせいか、滝山城へは人々の来訪も多く、源三の元服式でも北条方や大石方の関係者がたくさん集まっていました。

　大石方からは養父大石憲重、滝山城代大石定基、戸倉城主大石定仲、小田野探題小田野源太左衛門、氏照許嫁比佐母方尾谷兵部、大石氏奉行人大石左馬之助（四郎右衛門）。北条方からは北条氏康名代北条氏政、星谷城代北条幻庵、片倉・初沢城代近藤助実、北条方奉行人狩野大膳亮泰光（一庵）、同庄式部少輔康正、同石巻下野守宗貞、などが列席していました。

　本丸の書院正面高床には、狩野派絵師による松竹梅を描いた見事な掛け軸が掲げられ、左手には大石家累代相伝の甲冑が据えられています。正面の座には本日の主人役の憲重が座り、一段下がった板敷きの中央には床几に腰を据えて堂々と構えた氏照の姿がありました。

　「これより継嗣大石源三藤菊丸殿の元服の儀を執り行いまする」

氏照元服式

　介添え役の定仲の凜とした声が天井に跳ね返り、あたりに響きわたりました。

　「われら大石源三、武門のしきたりにより本日元服の儀つかまります誉れ、ここに謹んで御礼言上申しあげまする」

　定仲に負けじ劣らず張りのある声を高々と上げた源三が主人の憲重に礼を述べ一礼します。

　「祝着じゃ祝着じゃ」憲重が型通りに扇を開き、踊る仕草でこの喜びを表します。

　「まずは、前髪おろしの儀を仕る。少室庵主桂厳暁嫩殿こちらへ」

と、定仲が書院の隣室に声をかけると、静かに襖が開いて、剃髪用具を手にした小坊主を従えた黒衣の桂厳が現れました。

　（おおっ兄者か）一瞬源三の胸の内を言いようのない感動が走りました。小田原城で兄弟の縁を引き裂かれてから15年、いつも心の中にわだかまっていた哀切と愛惜の念がどっと体内に満ち溢れ、今にも涙となって迸（ほとばし）りそ

うになる寸前、源三はからくもそれに堪えたのでした。
　「これより剃髪仕る」と、そこはさすがに禅の先達、桂厳は落ち着いた
物腰で源三に両手を合わせてから源三の背後に回り、髪に櫛をさし入れて
元結いを取ると、もとどりの糸を切ってざんばらになった髪の前髪に鋏を
さし入れます。さらに半月状に短く切られた髪の部分に剃刀を当て、頭頂
に剃り上げていくうちに青々とした源三の月代が現れました。再び櫛が入
れられて新しい元結いで髪がきつく締められ、巻き糸で茶筅髷が仕上がっ
ていき、やがて美しい源三の元服姿が出来上がったのでした。
　「麗しき若武者ではある。誠に祝着」と憲重が再び扇を開き頭上に掲げ
左右に振り祝意を表すと、「おめでとうござりまする」と居並ぶ武者達か
らも祝意の喚声が上がりました。
　「では、これより初冠の儀を執り行います。北条幻庵宗哲殿これへ」
桂厳から、三方台に載せられた侍烏帽子を受け取った幻庵は、烏帽子をう
やうやしく押し頂き、源三の斜め前に座を進めました。そして、大石定基
と小田野源太左衛門の手助けで三方から正しく源三の月代の上に据え、組
紐の端をあごの下できりりっと蝶結びに締めました。そして座を源三の正
面にあらためて、「おめでとうござる藤菊丸殿。このたびは烏帽子親を承
りうれしく存ずる」と述べた。生まれた時、己の幼名を意味づける藤菊丸
という名で親しみ、幼児時期には由井源三という戦略的な名の意味と意志
を込めて、この歳になるまでの15年の長きにわたり後見人として養育に携
わってきた幻庵にとっては、いま目の前にする源三の若武者姿は感慨深く
まぶしいものでした。
　「最後に元服命名の儀を執り行います。北条氏康殿名代氏政殿これへ」
　定仲に名指しされ、まだ満17歳になったばかりで、このような公式の場
に出た経験が浅い氏政は、父の名代としてのこの大役に身を奮い立たせな
がら、3年前に兄の新九郎が亡くなって今は宗家の世嗣であることの威厳
を損なうまいと、
　「定仲殿、短冊型大紙と筆箱をこれに」
と少し高飛車な物言いで頼みましたが、定仲はそれを淡々として受け止
め、小坊主に命じそれを持ってこさせました。
　筆一杯に墨汁を含ませて一気に「大石源三氏照　款は龍」と大書し、書
き上げた氏政の筆致は、先ほどの態度とは裏腹にそれはそれは見事なもの

で、座の一同の間に感嘆の声があがりました。なお款とは氏政が考案した
あだ名のようなもので、さしたる意味はありませんでしたが、これが後
年、父氏康から四神相応の名として与えられることになります。その命名
墨書は床の間の松竹梅掛け軸と並べて掛かけられ披瀝されました。

　「かくのごとく、本日只今より大石源三藤菊丸殿には、新たに大石源三
氏照と名乗られることに相成り申した。これにて氏照殿の元服の儀は滞り
なく相済みましてござりまする」

　定仲が式の終了を告げるのを待っていたかのように、氏政はすぐに立ち
上がりざま、氏照の前に歩み寄り、「源三、藤菊いや氏照殿おめでとう」
と声をかけ、そして氏照に膝を進め立ち上がりました。

　「源三、これよりは、お主にはわが北条家の戦奉行への道を学んでもら
うつもりじゃが、星谷城から由井報恩寺に移した我が家の宝、龍神の霊鐘
は、代々の伝承順とは少し違うが、今後はそちに譲ることにした。兄から
の贈呈じゃ、受け取ってくれ。そちの方がどうやら儂より戦が上手じゃか
らのう」

　「兄上有り難く頂戴致しまする」

　氏照は素直で優しい兄を心から敬愛していたので、微笑みかけて礼を述
べました。祝いの宴の場はそのまま中の丸に移されましたが、そこではま
ず由井尼と桂厳と氏照親子の感激的な邂逅の場があったことは言うまでも
ありません。そして氏照はこの時9歳になったばかりの美しい許嫁阿豊姫
（比佐姫）と会い、妹の登志や義理の母となる金指殿にも初めて会い、姻
戚の縁を新たにしたのでした。

〈幕間の解説〉　氏照が元服を果たしたこの秋、氏康は残る北武藏の検地
や安房国金谷に軍勢を遣わすなどして政務軍事に余念がありませんでし
た。滝山城に派遣している部下達から、氏照が実践している「遊びの中の
学習・鍛錬」という指導方針がいよいよ成果を出し始め、もはや遊びとい
う段階を越えて、今は約15歳から20歳代の年齢層の青少年達から成る一つ
の軍団となりつつあることを聞くにおよび、しかもその集団の中心が由井
衆という軸で支えられて氏照がその棟梁的な存在となっていることを高く
評価していました。そして、むこう3、4年で20歳位に成長するであろう
この若き軍団を率いて、氏照が滝山城に入城する夢ももはや遠くはないと

57

感じていました。

　これまで氏康は、氏照には出来るだけ多くの研鑽を積ませ、いざという場合にその力を最大限に発揮できる部将に育てたいと考えていましたので、氏照の早期初陣を急ぐ重臣達の意見をたしなめてきました。しかし、今日とても隣国の川中島では信玄と謙信が第２回目の合戦に及んでいるし、こうしている間にも、東海・近畿では若き戦国の精鋭達がこの乱世の場に踊り出ようとして、その機会を虎視眈々と狙っていると聞いているので、重臣達の焦る気持ちが分からないわけでもありませんでした。本音を言わせてもらえば、氏康の心中では我が家にも早く新しい部将が育ってくれることを待ちこがれていたのです。したがって氏照の成長は、氏康にとってはこの上もない朗報だったのですが、「あと３、４年の我慢だ」と心に期していました。

弘治２年（1556）５月、氏照満16歳。

　氏康が氏照を心身共に鍛えたいと願ったのは、祖父の早雲以来家の伝統となっている禅宗の学問を修得させることにあったのですが、早雲もまたかって京都の臨済宗建仁寺や大徳寺などで禅を学び、それに加えて当時京都五山勉学の必須科目でもあった儒学（孔子の四書…「論語・大学・中庸・孟子」、同じく五経…「易経・書経・詩経・礼記・春秋」）・兵学・天文学等の学問をも修得し、それらを子の氏綱や孫の氏康に伝え、教育を施したことは「早雲院殿二十一箇条」「氏綱遺訓五箇条」の精神にも表されている通りです。

　たしかに、氏照は北条幻庵からは多くの学問を学びましたが、幻庵は真言宗三井寺（園成寺）の出身であったがために、禅の教えは少なかったのです。当時の由井郷付近には曹洞宗の禅寺が多くあり、それに伴い多くの名僧知識がいましたが、その殆どの高僧、例えば高乗寺の聖山大祝和尚を筆頭にして、その他多くの名僧達と氏照の兄桂願暁嫩が関わってきたことから、氏照が同門で学ぶことは、いずれは滝山城主となって頂点に立つ将来の氏照の立場が政治的に憚れたのか、それらの寺は氏康の選択肢からはずされていました。この年の４月、氏康は友好国であった常陸の結城氏が近隣の小田氏に攻められ援助を求めてきたのでこれを助けるために出陣します。５月には小田氏を破り、無事小田原に帰還した時に、ちょうど幻庵

から書状が届いていて、由井野恩方（八王子市恩方）の曹洞宗心源院に舜越卜山なる傑僧がおり、この僧が氏照の師匠に適任だと推薦してきました。

　さっそく滝山城の奉行人にその僧の人となりを調べさせたところ、なかなかの名僧で修行僧としての履歴も申し分ないことが分かり、すぐに浄福寺城主大石憲重に頼み、氏照と会わせることになりました。

《心源院の本堂》　氏照に会うなり卜山和尚が叫びました。「ややっ、そなたはいつも村の子らを連れてこの寺の裏山に入って来るガキ大将ではないか。何と、アッハハハハー。さればその方がやがて滝山の御大将となられる人でござったか。これは愉快、愉快の極みにてござるのう」

　手放しに喜び呵々と笑う卜山和尚。

　「いかにも私が仰せのとおりのガキ大将、大石源三氏照でござりまする。さればもうお初にお目にかかれたとは申せませぬが、改めましてよろしくお願い申し上げまする」

　氏照が如才なく挨拶するかたわら、同行してきた憲重が間髪を入れず、

　「それがしは、この向かいの浄福寺城（由井城）を預かる大石憲重にござりまする。この度は小田原城の太守北条氏康様のご指図にて、またこの養父からもお願いするところにて、御坊に氏照殿の勉学の師となって頂くべくお願いに参上つかまりましてござりまする」

　初めての会見で少ししゃちこばってものを言う憲重に、卜山は、

　「まぁそのようにお堅くなさらずに、もそっと楽にして下され。お互いご近所ゆえ井戸端の寄合衆のごとくになりましょうぞ。委細は小田原の大途殿より書状をいただき承知しておりまする。この愚僧でよろしければ何んなりと。それでは早速じゃが、氏照殿には何から学びたいと思っておられるのかのう」

　ほっと安堵する憲重を置いて、さっそく卜山が氏照に注文を求めます。

　「何でもよろしゅうござりまする、全てを学びとうござりまする。それでいつから、何を持って来ればよろしいのでござりましょうか」

　「おおっそうか。すぐに来るとのう、頼もしい男の子じゃ。では申そう。来る日はいつでも良い、そうじゃ、いつものガキどもと山に来る時が良かろう。何も持って来ずとも良い。儂がいぬ時は本堂の壁を睨んでおれば良い。いやになればその時は帰れば良い。どうじゃこれで」

「分かりましてござりまする。して、友の者達はいかがすれば」

「うむ、たやすいことじゃ、共に学べば良かろう。そなたが幻庵殿から何を手ほどきされたかは、幻庵どのからも詳細な文を頂き分かっているゆえ、愚僧の役目はただ禅のみじゃ。ガキどもとは同じところから出発するのがいちばんよかろうて」

このあとも、卜山と氏照との禅問答のようなやりとりがしばらく続き、やがてその日の会見が終わりました。

あまりにも簡単に済んだ会見にかえって憲重の方が心配して、「氏照殿。これでよろしきや」と尋ねたが、「よく分かりましてござりまする」と涼しげな顔。

そして、この日から氏照は卜山を教授方と仰いだ所謂心源院学園の学徒となったのでした。

卜山は氏康から書状をもらった時から、いま氏照がどのような立場で何をしているか凡そのことは知っていましたが、実際に会ってみると、まだ少年の殻から抜け出ていないのに、父からは大変重要な仕事を命じられていることが分かり、そのうえ由井の血筋の生まれゆえに己の立場を充分に心得、それにもめげず向学心さえ発揮して由井衆の子等と共に毎日勉学と鍛錬に励んでいることに感心しました。そして、話の節々から非常に我慢強く鍛えられ、賢く育てられた様子が分かり、これまでの幻庵の教育の成果を窺い知ることができ、大方の基本が出来上がっていることを確認しました。卜山は、今後の氏照には「自由闊達なる勉学法」で臨むことを心に決めたのでした。

会見の後、憲重は氏照を先に館に帰し、場所を庫裡に移して卜山との会見の様子と内容を氏康に報告するために、互いの生い立ちのことなどを話題にして忌憚なく語り合いました。

それによると、卜山は元々この近くの川口楢原（八王子市）の農家の生まれで、故あって赤子の時に捨てられたのを祖父母に拾われて育ちました。13歳で山田広園寺に入り出家したのが縁で、大永3年（1523）から甲州向嶽寺を始めとして京都の相国寺・東福寺・南禅寺・越前の永平寺・三河の全久寺・遠江の石雲寺などに遊学し、天文10年（1541）、氏照が1歳の時、向嶽寺の名僧傑山道逸が武蔵心源院に入ることになり師匠に同行し

60

て来たということでした。卜山を氏康に推薦した北条幻庵と初めて面識したのは、幻庵が近江の三井寺で修行していた頃であったようです。

心源院に入った卜山はそこで腰を落ち着ける暇もなく、遊学して得た中央の学問を伝えるべく関東一円の禅宗の寺を飛び回り、ようやく昨年帰ってきたばかりで、今は師匠道逸禅師に諸事を任され、悠々自適の毎日を送っているとのことでした。

「近くにいながら15年間も面識を得なかったのはそれ故か。しかし幻庵殿が目をつけられただけあって仲々の傑僧である。氏照殿には良き師匠じゃ」

憲重はそう呟き、さっそく氏康への返書を頭の中に書きおろしながら心源院をあとにしたのでした。

第4幕　氏照と由井衆、由井野の青春

〈幕間の解説〉　弘治2年（1556）4月には、美濃のまむしと呼ばれた齋藤道三が息子の義龍に殺されるという、まさに下克上どころか親殺しを絵に描いたような事件がおきました。

それに対して、道三の娘婿織田信長がその仇討ちのために軍勢を動かし始めたのがきっかけとなって、にわかに東海・近畿には諸大名の戦機を窺う暗雲が立ちこめていました。西国の毛利元就がかっての守護大内氏を滅ぼしたのもちょうどこの頃です。

そんな時、中央から遠く離れた関東ではまだその気運もなく、この年から弘治3年にかけては比較的に穏やかな空気が漂っていました。隣国の越後ですら、上杉謙信が家臣のいざこざが絶えず嫌気がさして隠居すると宣言し、姿をくらまして家臣達が慌ててその行方を捜し求めるような、戦国乱世にしては誠に不用心で、言い方によってはごく幼く平和的な内輪もめが伝わってくるだけでした。

さて一方、心源院の学徒となった氏照は、相変わらず由井衆や滝山城家臣の子らと共に学問に励み、加えて軍事的な模擬演習にも精進していました。

近頃は、その子らの中にはすでに二十歳を過ぎてひとかどの青年部将に育った者や、氏照と同じ年配の者が多数あり、氏照が始めた塾で自覚が芽生えたのか、卜山を囲んで学ぶ日常の学業も厳粛で真剣な態度が目立ち、

年下の氏照にとっても学友でありながらあらゆる面での好敵手ともなっていました。そして近頃は、舜越卜山から依頼を受けた曹洞宗の滝山少室庵の兄桂厳が、宗派の教義を同じくするところから、幼少年組の教育だけを引き受けてくれ、あたかも心源院が本校で少室庵が分校のような様相を呈し始めていました。

　それだけに氏照の大きな励みともなり、己の青春を謳歌していたのです。

《由井野、氏照満16歳》　弘治２年（1556）の夏の日差しが燦々と照りつける７月。

　今も武藏由井野陣場の調練場では、まさにこれら新顔の武者達が方や大石氏照と大石定仲、こなた近藤助実と小田野源太左衛門がそれぞれ指揮して紅白に分けた両軍が向かい合い、日頃鍛えた馬術・槍術・弓術・刀術を駆使して互いに肉薄した模擬合戦を繰り広げています。

　調練場のまわりには、養父の大石憲重や卜山禅師が訪れ、武者等の関係者も多数集まり、自分の近親者を見つけては喚声をあげ、滝山少室庵分校の生徒達も先輩達の活動を見学しようと桂厳先生に引率されて来ていました。

　その中に北条幻庵宗哲の顔も見え、そのかたわらに１人の宮司と氏子が付き添っており、その手には白木に貼られた「幣」（神前に供える布地）が掲げられ、それには「棟札」らしきものが貼られています。その文字をよく読むと、「大旦那北条藤菊丸殿」と書かれた「座間鈴鹿明神社再興」の棟札であることが分かりました。宮司はこの５月に社殿か再興されたことを伝えるため、大旦那であり今は氏照となった藤菊丸の元へ座間からわざわざ幻庵と一緒に来てくれたのでした。

　すなわち11年前、氏照が由井源三藤菊丸の名のもとに、座間星谷城に入城した際に、幻庵が付近の寺社に対して源三の神霊的守護を祈願して、それぞれに源三の宗教的な座を設けさせてくれたあの時の名残がまだ座間に生きていたのです。すでに元服して名も大石源三氏照と名乗っているのに、いまだに「藤菊丸」の名を慕って棟札にその名を書き入れ、相変わらず己を北条の坊ちゃん呼ばわりし続けているそんな座間の領民達の心根がうれしく思われる訪れでした。今でもこの棟札は鈴鹿明神社に残され、この藤菊丸の名こそ氏照の幼名に違いないと研究者達を騒がせた唯一の史料

です。

　調練場では、いま全ての基本練習が終わっていよいよ最後の馬合わせに入ろうとしていました。今は近くの報恩尼寺に預けられている霊鐘龍神姫が、この日は氏照方白組の陣鐘として使用されています。そしていまその鐘がけたたましく鳴り響き、「白組ーっ、鶴翼の陣形に着けよーっ」と氏照の声がとどろき、ついで紅組の源太左衛門が「魚鱗の形に備えよーっ」と対抗します。

由井野陣場場紅白馬合わせ

　互いに一糸乱れず馬を駆り立て、瞬く間に白組は鶴翼形逆八の字形になるように馬を整え、赤組は魚鱗形の八の字形に馬を進め、両者の翼が相似形に合わさったところでまた鐘がけたたましく鳴り、「全軍突撃ーっ」と氏照の号令がかかりました。同時に武者等の馬出しが始まり、牡丹槍（練習用のたんぽ槍）が武者等の頭上で旋回したと思ったその瞬間、馬上の騎士同士のせめぎ合いとなり、馬のいななく声と人のぶつかり合う音と雄叫びが交叉、それが暫くのあいだ実戦かと思うばかりに由井野の青い空の下で続いていました。

　やがて間を置きながら鐘の拍子が静かに鳴ると、「止めーいっ」と近藤助実の号令と共に陣形訓練は終わり、全員がその場で静止し、助実によって落馬した者の人数が数えられました。

　「只今の合戦は７対３により白組の勝ちーっ」と定仲の判定発表。

　同時に双方合わせて30頭の馬が、幔幕が張られた正面の氏照とその指揮官が居並ぶ前に、落馬者も馬上に戻ってすぐに馬列を整え、今日の演習が終わりました。

　そして、幔幕の内には氏照ほか当事者と憲重・卜山・幻庵・宮司だけが残り、床几に腰掛けて円居となり、互いに顔を見合わせ談笑していました。

　幻庵が宮司を促し、口を開きました。

　「鈴鹿明神施主殿。まずはお先にご用件を申しあげられよ」

　「承知いたしました。私は座間鈴鹿明神社の禰宜職（神宮の代表職）若林大炊助と申す者にて、この５月、我等が社の再興に当たり施主を勤めま

してござりまするが、かって北条幻庵宗哲様の肝入りによりまして、当社の大旦那となられました藤菊丸様の元服のお祝いにと、また再興のご報告を兼ねまして、座間の領民を代表して本日ここにまかり越しました次第にござります。

　この幣と棟札はその意を込めまして、これまでに奉納させて頂いておりましたものなれど、領民の藤菊丸様への愛着の心持ちが元服前のお名前に籠もっておりますれば、どうぞお受け取り頂ければ幸いにござります」

　禰宜は丁寧に挨拶して幣を氏照に渡しました。

「それはそれは誠にかたじけない。常々一度は座間へ戻って皆々に会いたいと思っておりましたが、ここでの日々がこれこのような有様で、無沙汰となっていることをどうかお許しくだされ。

　早速小田原の父上にもこのことを伝え、何がしかの奉賀をさせて頂きましょう。座間にお帰りの節は皆々様にもよろしくお伝えくだされ」

　氏照の礼節を心得た態度に禰宜は大感激し、幻庵への挨拶もそこそこに、周囲に感謝の思いを身体一杯に表しながら幔幕の外へ出て行きました。

　禰宜が氏子を連れて退出したあと、さっそく氏照の横に控える大石定仲と卜山との問答が始まりました。

「定仲殿。この愚僧が合戦の問答をするのは血生臭い話で何じゃが、さきほどの紅白の陣形は共に中国の大軍師「諸葛孔明」の「八陣の法」に基づく陣形と心得たが、いかがじゃ」

「いかにも御坊のご見立てのとおりでござる」

「そこで、孔明の鶴翼と魚鱗は共に相容れぬ互角の陣法と言われるが、白組の鶴翼の陣形が魚鱗形に勝ったのは何故でござったか」

「しかり、それ故に馬出し開始直後に、鶴翼の陣形を紅組の陣形を少しずつ外へ押し広げふくらませながら相手を包み込むような作戦を立て、それを模擬合戦前に少々予備訓練を施して指揮いたしたまででござる。結果として、白組の騎士達が常に赤組の騎士の横合いから槍を突き入れる形となり、このような差と相成り勝負がついたのでござりましょう」

「うむっ、なるほど。それは誰が発案した作戦でござったのかのう」

「されば、氏照殿にござりまする」

「ワッハッハッハッハハハハハー」と突然卜山が大笑し、合わせて「ハッハッハッハハー」と幻庵までが笑い出しました。

64

「幻庵殿。そはそなた様の入れ知恵でござろう」

「謀略のつもりがすっかり卜山殿にばれてしまいましたなぁ。ご託宣どおり、この作戦は氏照殿が星谷城にいた際に、幾度も野戦訓練で使ったものでござる。のう氏照殿」

「いやいや我らの傍にはあの賢き龍神姫がござりましてのう、この作戦は姫からすべて教わったものじゃ」

と氏照もとぼけて見せて、憲重や助実の顔を見やりながら笑い合いました。

しかし定仲だけは、氏照から聞いて知っている龍神姫の底力と叡知の深さに舌を巻き、その訓導を間接的に瞬間的に受けて作戦行動を採った氏照の機転と器の大きさに驚いていたのでした。

第5幕　夢・武者修行の旅

〈幕間の解説〉　さて、ここであえて「夢」と断ったのは以下のことがあるからです。

ここまでは、氏照のわずかに残る足跡と資料を下地に、ある時は氏照を時空の中心に据えて見て、そしてその周辺の時々の、社会と人物と時の流れと空間の変動を照らし合わせ、その時の氏照自体の有りようを模索しておぼろな人間像を形作り、必ずしも空想ではない幼・少・青年時代の過程を類推してみました。それでも、この弘治2年から3年、すなわち1556年（満16歳）から1557年（満17歳）の間の約1年半というものは、それらの作業を駆使しても類推できない全く不明瞭な時代となっています。

当然、これまでのように由井野の活躍を綿々と描けば、それなりに欠けた歴史の頁を埋め合わせ出来ようというものですが、それではあまりにも芸がないと皆様からはきっとそしられるに違いありません。

思えば、かって著者は、『小説　北條氏照』で氏照の半世を描き、上梓しましたが、その時もこの問題にぶつかり苦労しました。

その本で著者が考えついたことは、この期間を利用して氏照に東海近畿地方への旅をさせることでした。旅とは申しましても面向きは、父に依頼された高野山高室院（北条氏の菩提院）への代参で、三回忌を済ませてそのままになっており、高室院にまだ行っていなかった亡き長男新九郎の菩提を弔うためと、そしてその裏には、いよいよ戦国のきなくさい匂いが立

ちこめ始めた東海近畿地方の実状視察がありました。

　この弘治２年と３年という歴史の時代を横軸にして横断して行く旅でしたから、当時の戦国の風雲児達の活動を同時に知ることが出来る武者修行とも戦国ロマンとも言える旅であったわけです。

《東海近畿への旅》　氏照はこの秋に、10人の有能な家来を引き連れて由井野陣場を出立しました。

　まず駿河では、その４年後には織田信長の奇襲によって桶狭間の露と消える運命とも知らず、都風の華麗な栄華を極め、今にも上洛を果たして天下の覇権を握ろうとしていた今川義元（当時38歳）を初めとして、その嫡子の氏真や正室の早川殿（氏照の姉）、小田原の証人（人質）となっていた弟の助五郎（後の氏規、11歳）に加えて、松平氏の証人であった元康（後の徳川家康14歳）との出会いがありました。

　また尾張を通過する際には、当時家臣の謀反に対してその鎮圧に躍起になっていた織田信長（22歳）やその奥方帰蝶（濃姫）との出会い、そしてまだ信長の草履取りにすぎなかった木下藤吉郎（後の豊臣秀吉19歳）などと出会いました。さらに美濃に至れば、この年の春に父の齋藤道三を殺して美濃一国を簒奪した齋藤義龍が立て籠もる稲葉城（信長の時代には岐阜城）を仰ぎました。その後、道三が基礎を築き後に信長が仕上げた楽市楽座の商都井口（今の岐阜市）の賑わいを通りぬけ、織田氏より紹介された西美濃三人衆（氏家卜全等）の案内を得て近江に至り、長浜の湖畔に佇んで、琵琶湖の雄大さとその美しさに感嘆の声をあげました。

　そのあと一行は、琵琶湖を船で渡り対岸の坂本に着き、今回、旅の手回しをしてくれた幻庵が、かつて学んだという近江の真言宗三井寺の援助により比叡山々麓の坂本に一庵を借り受け、その庵を足がかりとして、念願の真言宗高野山金剛峰寺に登りました。そして、当代座主栄任との会見を得て無事北条氏の菩提院である高室院に兄・新九郎の菩提を弔うことが出来ました。あるいは京に上り、師匠卜山が永年参禅修行してきた相国寺・東福寺・南禅寺などにしばらく滞在して禅の修行に励み、また東山祇園寺や八坂神社に詣でて、後に八王子城を築く由井の深澤山々頂に祀られている牛頭天王・素戔嗚尊との縁を深めました。

　応仁の乱以後、荒廃して狐狸の棲家ともなっていた御所や将軍邸の有様

に悲憤慷慨し、琵琶湖西岸から湖北の浅井城（浅井長政居城）をかすめて越前大野に至り、越前朝倉氏館を訪ねて朝倉義景の歓迎を受けてしばらく逗留。当時義景の庇護を受けていた足利覚慶（後の足利幕府15代将軍足利義昭）と、その家臣となって流浪のすえ朝倉館の食客となり、鉄砲の師範などをしていた明智光秀（濃姫の従弟）との知己を得て、その間に卜山の修行地であり、しかも兄・桂厳の少室庵の本山でもある曹洞宗永平寺の世話になり、坐禅を組む日々を過ごしました。

　氏照は、この一乗谷朝倉氏の館の屋敷割りや町割り、要害部の組み合わせが気にいったと見えて、後年八王子城を築く時、この朝倉館の縄張りを大いに参考にしたようです。

　いよいよ由井野に戻る時期が迫り、弘治3年の冬間近、一行は大野から飛騨に出て木曽川を遡り、武田信玄の女婿木曽義昌の出迎えを受けて信濃諏訪に至りました。そこでは、12年後の永禄12年に滝山城合戦で相まみえることになった武田四郎勝頼（当時12歳）と出会い、ひと時の友誼を養い、約1年半ぶりに故郷の由井野に戻ってきました。

　さて、果たして著者が夢見る氏照のこの武者修行が、実際に行われたものかどうかは読者のご想像にお任せするしかありません。

　ただ、後年の永禄8年（1565）には、「領内の修験者達が高野山に参詣する折には、往生院谷の峰之坊を宿坊にする」と定めたことが今でも真福寺（東京都福生市熊川）文書に残されており、また、元亀2年（1571）には、氏照が「この年に亡くなった父母の菩提を弔うために、高野山高室院に灯炉を寄進している」という事実がありますので、このことからしても、高野山と氏照の間には何らかの深い絆があったことが分かります。また、後に江ノ島弁財天別当職に任じられたのも、この物語の主役ともなった小野路の霊鐘との縁であったことにも触れ、また公方足利義氏の後見人を命じられたように、高野山関係も実は北条氏宗家から任された氏照の専任事項であったのではないでしょうか。その縁の端緒となったのが、この兄・新九郎供養のための「夢の代参」であったと考えられませんか。これをどうぞご参考にしてください。

　いずれにしても、氏照のこの1年半にも及ぶ不明の期間は、氏照の隠された修行時代であったことは確かなようです。

第6幕　滝山城へ入城の足音聞こゆ

〈幕間の解説〉　ここでまたひとつ、お断りしておかなければならないのは、氏照がいつ滝山城に入城したか、はっきりと書かれたものはどこにも残っていないと言うことです。したがって、巷間ではいろいろな説が飛び交っています。例えば、朱印状に初めて「如意成就印」が捺印された年の永禄2年だとか、また、杣保（奥多摩・青梅市付近）の三田綱秀と戦った永禄4年から6年頃の三田氏が滅亡した後であったとか、さらにはもっとその後のことだったなど、様々な説があります。ここからは、あくまで著者の考えであることを申し上げておきます。

第1場　比佐姫裳着の式、婚儀準備整う

〈幕間の解説〉　弘治3年（1557）、春。氏照満17歳、大石阿豊満11歳。

　約1年半の修行を終えた氏照は、もう誰が見ても威風堂々たる武将の風貌と風格を備えていました。

　一方、氏照が不在中でも、大石定仲・近藤助実・小田野源太左衛門等が中心となって調練を施していた滝山城の若手および由井衆集団も、今や200騎馬あまりにふくれあがり、その半数が氏照と同年か、またはそれ以上の年齢に達し、いまや甲冑を着用して馬上にあるその姿を誰が見ても、これもまた滝山城正規部隊に所属する部将達と見まごうばかりの威厳を備えていました。

　もしもこの者達が、それぞれの家の家来を引き連れて戦場に赴くとすれば、当時の平均的な計算法で着到人員を換算してみますと、全員で約1,000人に近い軍勢すなわち部隊編成となり、すくなくとも一大隊にも相当するほどの勘定になります（約3万石の軍役に相当する）。

　小田原城の空の下で遠く由井野を臨み、この氏照の活躍を聞き知っていた父・北条氏康は、それでも氏照の初陣を急ごうとは考えていませんでした。それよりも氏照の滝山城入城が先だと考えていたからです。今、その機会が熟しつつありました。

　この年の春、滝山城に奉行人として派遣されていた狩野康光より氏康に報告があり、大石家よりの伝言として、氏照の許嫁・豊姫（阿豊・成人名比佐）が待ちに待った「裳着の式」を迎えるに当たり、氏照本人と介添人

を滝山城に招待したいということでありました。いよいよ、念願の機会が訪れたのです。さて、この「裳着の式」というのは、平安時代からずっと続いている仕来りで、女性が成人して初めて「裳」という衣服を着ける儀式を言うのですが、いわば男子における元服式と同様の儀式です。一般的には12歳から15歳くらいまでの間に行われるのが常でしたが、男子の15歳がいささか限定的なのに対して、女子は年齢的に幅が設けられていました。女子の場合は初潮という生理的な兆候があった時に初めて式が適うという、つまり結婚しても子供が出来る身体になったことを証明する儀式だったのです。

　したがって儀式を受ける女性は、近々配偶者を得る人か、あるいはその見込みのある人が多く、同時に男子が元服で剃髪し髷を結うように、女子は垂髪（うしろに長く垂らた髪）を結い髪に直し、「笄」（髪に挿す整髪具）を挿入して、これを「初笄の儀」と称したものでした。簡単に言えば、以前は裳を着けた結い髪の女性を見ればこの女性は裳着の式を済ませた人だと見分けがついたわけですが、その仕来りも戦国時代には多少形骸化し、裳着の式の時だけ、しかも身分の高い家の女子だけ、古式にのっとり儀式を行っていたようです。いまに残る戦国時代の女性の肖像画などを見ると、かなりの歳まで垂髪にして、打ち掛けを肩から下ろして裳を腰に巻くという姿が流行していたようです。

　氏照が滝山城に招かれたのは、大石側が許嫁者の前で当人が成人したことをはっきりと北条側に証明するためでしたから、当の氏照よりも父母の氏康と駿河殿の喜びようは計り知れませんでした。

　氏康としては、あの河越の合戦後、氏照を大石氏の養子にし、当時生まれたばかりの豊姫との婚約を結び、これまでの12年という長いあいだ息子を滝山城に入れることも適わず、ただひたすらに二人の健やかな成長を祈るばかりの日々を送っていたのですから、ようやく氏照の入城と姫との結婚が目の前に迫ってきたことを実感していました。

　早速氏康は介添人に、名代として氏照の後見人北条幻庵を指名し、滝山城での阿豊姫改め比佐姫の「裳着の式」に氏照と共に列席させました。

《滝山城の中の丸》　弘治３年（1557）、氏照満17歳。比佐満11歳。
　滝山城内弁天池の水辺に咲くあやめ・かきつばた・花菖蒲が、風にそよ

ぐある夏の日。
　ここ滝山城の中の丸では、今は亡き大石定久の娘比佐（数え12歳）の裳着の式が行なわれていました。
　招待された客の面々は、養父大石遠江守憲重と氏康名代介添人北条幻庵宗哲長綱・奉行人狩野大膳亮泰光・同石巻下野守宗貞・同庄式部少輔康昌が氏照の介添人として、そして比佐の介添人として兄の大石播磨守定仲と母の金指殿・妹の登志・祖父金指平左衛門尉珍兼・奉行人大石四郎衛門・母方親族尾谷兵部・小田野源太左衛門が並びました。中央の高床の間正面壁には、松竹梅をあしらった掛け軸が下げられ、隣り合わせて「大石長女比佐裳着の祝儀」と大書された軸が下げられていました。その床の間の前に、氏照と比佐が向かい合って坐っています。
　「これより大石家長女阿豊姫様改め比佐姫様の裳着の儀式を執り行います。初め初笄（ういこうがい）の儀より仕ります。仕切女房等は前へ」

比佐の裳着式

　本日の式次第を司る奉行人狩野泰光が儀式の開始を発声し、一連の裳着所作を仕切る４人の女房達が呼ばれて比佐の背後に坐りました。
　「では御母堂金指殿、お櫛入れを」
　母の金指殿が呼ばれ、女房から櫛が渡されました。愛するわが娘の長い垂髪に櫛を入れ、あどけない少女であった頃を偲び、最後の名残を惜しむかのように嬉し涙を堪えながら髪を梳く母の姿は、場の空気をひとしお湿らせました。
　「次に初笄（ういこうがい）の所作仕る。比佐様は床の間正面に向きを変えられよ」
　男子の面前で、女性の面（おもて）を晒さないようにとの泰光の配慮がなされ、比佐は指示されるがままに客に背を向けて顔の向きを変えると、担当の女房達がそれぞれ自分の道具を手にして、比佐の前後左右に分かれて結い髪の所作に入りました。
　比佐の肩から背には白布がかけられ、垂髪がかき上げられて、女房達の手であたかも手妻師（てづまし）（奇術師）の手にかかるように髪が操られ、次第に結ばれていきます。最後に比佐の面に廻った女房達の手で化粧が施され、

「束ね髪」が結ばれて新しい笄（こうがい）が挿入され、前段の儀式が終わりました。

　比佐の背後で氏照は、女房達のそんな所作を見るとはなしに見ながらも、それでも男らしく正面にじっと目を据えていました。

　待つことしばし。

　「最後に裳を着けられる」と泰光の声がかかり、氏照はふと我にかえった。別の女房が「裳」を両手で捧げながら部屋に入って来て、一人の女房がそれを受け取り、袿 単（うちきひとえ）姿の比佐の袿を脱がせ、小袖姿になった比佐の生袴の腰の後ろから裳を巻き、前にまわった紐を蝶に結ぶと他の一人が比佐の裾をとって裳を長く後方の板の間にまで引き伸ばしました。これで二段階の裳の着付けが済み、海浦（かいぶ）（海辺の景色を画いた生地）の文様をあしらった裳の折目が美しく波打ち、一連の裳着の儀式が終わりました。再び氏照と比佐が互いに正面に向き合った時、最後に泰光の声がかかります。

　「これにて大石比佐様の裳着の儀が滞りなく終わり申した。

　これよりまたの日に、氏照殿と比佐様はめでたく御婚儀を挙げられることに相なりまするが、その儀につきましては、氏照殿ご入城の日取りと合わせて北条氏康殿並びに大石憲重殿のご意向を確かめ、奉行人総意により執り行うことになりますれば、あとはよろしく我等にお任せくださりたくお願い申し上げまする」

　参加者こもごものどよめきの中で儀式が打ち上げられました。このあと祝いの宴（うたげ）が中の丸の別室で行われるとのことで、案内人と共に一同が三々五々別室へ移る途中、定仲が気をきかせて抜群の風景を誇る中の丸の高台に二人を誘い、「氏照殿、あとでそれがしがお迎えに参りますゆえ、少し比佐と物語りなどなされ」と、意味深長な囁きを残して宴の部屋の方に消えていきました。

　恥ずかしさで赤く染まった互いの頬を、多摩川の川底から吹き上げる風が気持ちよく撫でて行きます。

　「お美しくなられましたなぁ」

　氏照が比佐の横顔を遠慮がちに見て、一言そうつぶやきました。

　比佐はそんな氏照の優しい言葉に答え、そっと氏照の肩に寄り添い、手をさしのべると、氏照はその手を強く握りしめました。

　その時、つがいのツバメが折しも谷から吹き上げる風に乗って目の前に飛来し、二人を祝福するかのように一度宙返りして高く空に舞い上がって

71

いきました。

第２場　滝山城奉行衆、氏照入城への布石を打つ

〈幕間の解説〉　いよいよ氏照の滝山城への入城準備が開始されました。

　弘治３年（1557）11月。北条氏康は氏照の滝山入城を見込んで、これまでの滝山城奉行人を増員し手分けをして、滝山城周辺を初めとして領内の神社仏閣などに対して「棟別之事」について書かれた棟別安堵の朱印状を乱発しました。すなわちこれが、氏照入城に先立つ布石の第一手でした。その内容の一例を示します。

　　　　「北条家朱印状。寺中之棟別之事、指置畢、不可有相違者也、仍如件、
　　　　　　弘治三年巳丁十一月二十七日（虎朱印）　　　　高乗寺」

　その内容を簡単に言えば、「あなたの寺に課するべき家戸税銭については、これまで通りに差し置くことにしたので、委細承知のこと。よってここに通知する」といったような意味合いでしょうか。こんな内容だけでは、ただの確認書か、または今の固定資産税・住民税通知書のようなものに見えますが、実のところその裏には、「今後この地域は元の大石氏ではなく、今後は北条氏より入られて新しい滝山城主となられる大石源三氏照様が治めることになるので、委細承知のこと」という示威行為と宣撫工作が隠されていたのです。

　現在残っている同様の朱印状は、広徳寺・出雲祝神社・高安寺・高乗寺・八日市場西連寺宛に出された５通がありますが、どれもこれも日付が一致していて、しかも内容がほとんど変わらないということは、氏照入城前夜の一種の宣伝工作が狙いだったといえるでしょう。まだ発見されていないものも含めれば、かなりの数の朱印状がこの時期に一斉に領土内にバラ撒かれたものと考えられます。

　また、檜原の平山氏などはこの頃になると、北条氏に対して友好的な態度を示していましたが、いまだに明確な恭順を示していなかった隣の杣保の勝沼・辛垣城主三田綱秀に対しては、訴訟に関わる問題を内政干渉するかのように石巻下野や狩野大膳などが連署状を出して詰め寄っています。つまりこの一連の所作は、北条氏の勢力が杣保の三田氏や檜原の平山氏、そして大石氏の勢力を完全に駆逐するために、まず寺社を強く抑えることによって土着の豪族たちを自動的に北条氏の家臣に組み入れ、その結果と

72

して、氏照を滝山城に入城させ、その勢力下に編入させることを狙った戦略だったわけです。いずれにしても、いよいよ「氏照の滝山入城近し」という情報は瞬く間に広がっていったのです。

　明けて弘治4年（1558）は、2月で年号が改元されて永禄元年となりました。北条氏康はこの4月、宿老の梁田晴助に公方足利義氏を下総関宿城に移すと宣言し、6月にはそれを宣伝すべく義氏を守護して房総を制圧するため軍勢を催しました。そしてその軍勢集結地が武藏由井野陣場と定められ、北条氏大途氏康が率先して催した大軍勢が武藏由井野陣場の調練場に初めて集められました。その中には大途の氏康は勿論のこと、父の叔父の幻庵や兄の氏政・養父の憲重・心源院の卜山・少室庵の桂厳、その他の滝山城奉行衆、小田原の重臣達の顔も見られました。

　まず父の希望によって氏照が調練した滝山城若手衆・由井・西党若手衆等による馬術演習を氏照が指揮し、定仲・源太左衛門・助実等教官も参加するという約200名の大演武が行われようとしていました。その集団を今回の房総遠征の殿軍として引率していけるかもしれないという氏康の期待があって、その出来映えを見てから判断しようという腹づもりがあったからです。

《武藏由井野陣場大調練場》　永禄元年（1558）、6月、氏照満18歳。

　梅雨明けの空は高く晴れ上がり、真夏の到来を思わせる大きな入道雲がもくもくと空に向かって駆け上がっています。たっぷりと水分を含んだ大地からはかげろうが立ち上り、さすがに蒸し暑い陽気。

　そんな中、鎧甲に身を固めじっとりと体内に汗を流しながらも、氏照の若き200名の精鋭達は、大途氏康の前でみじろぎもせず、涼やかな面立ちを顔に浮かべながら整列していました。

　この時、ここ由井野調練場では、西の山を背にした中央付近に仮設の幔幕が張られ、三つ鱗印の旗が両袖にはためき、その脇に一丈くらいの高さの小櫓が組み立てられ、旗本兵二人がその上に登り、一人は櫓に据えられた太鼓と吊り鐘役に、当然にその吊鐘はまさしく霊宝鐘龍神姫そのもので、もう一人の法螺貝役と櫓の上で並び待機していました。八日市場と接する調練場の東柵の外側は、この日の閲兵演武挙行を聞きつけて見物にやって来た観衆で一杯です。幔幕の前に据えられた幾つかの床几には、氏

康を真ん中にしてその脇には氏政が座り、左右に重臣達が居並び、これから始まる演武の開始を今か今かと待っていました。

やがて、一番貝が「ブオオーーオッ」と長く余韻を残して鳴り響き、次に霊鐘が「コーン、コーン、コーン」とゆっくり撞かれたあと、「ウオウオンウオーン」と唸り、すかさず、「氏照様しっかりねっ、ここはひとつ北条氏には氏照様ありと皆様に唱える見せ所よ、頑張ってねっ」と姫の激励する声がしました。その後、一斉に七つの太鼓が鳴らされ、隊列の中央前面に馬上の氏照が進み出て、正面に一礼するや整列している隊列に向きを変え、

「これより大途様他ご一同方の閲兵により、我等が馬術演武をご覧頂く。それぞれ南北に分かれよーっ」

と号令を発しました。今度は櫓の霊鐘が激しく鳴らされると、教官等を含む約80騎ばかりの騎士等が左右半々に分かれ、槍や弓を持った徒士組の兵等がそれぞれの騎士等の後ろに整然と並びました。

再び氏照が号令を発し、霊鐘がまたゆっくりと撞かれました。「ウオーン」と残る音に氏照は耳を傾けながら、

「まずは馬駆け三種の術を行う。馬上の者ら前へーっ。第一番は輪乗りーっ、である」

と采配を挙げると、すぐに左右の騎士達が集団から少し前に出て正面に向き直り、縦一列に並びます。

「トントンチンチン…」と拍子の良い太鼓と小鐘が鳴ると、その音に合わせて各騎士がその場を中心にして、きれいな輪を描きながら馬を操ります。その輪乗りが数度くりかえされて、「次は第二番、千鳥乗りーっ、に変えよ」と氏照の声がかかると、今度は全騎士が揃って「みみ」の「みの字」を二つ縦に繋ぐような形に手綱をさばき、太鼓と鐘の音に乗りながら馬を操りました。

「では第三番、立姑乗りつ、にかかる」
と、さらに氏照が指示します。すると今

由井野陣場大馬揃え演武

度は「鼓」の形の三角形を二つ重ねた形に成るように馬が動き出し、それが数回繰り返されました。

「これにて馬駆け三種の演武を終わりまする」

80騎の馬が氏照の指揮と音の拍子に合わせ、一糸乱れず整然と演じたその美しさに、見ている者すべてが感嘆し、どよめきが起こりすぐにそれが大拍手に変わりました。

その時、感嘆している間もなくくだんの霊鐘が「こんこーんこーんこーん」と激しく鳴らされ、立ち騒ぐ観客をよそに調練場の南北の両隅から、無人の馬が２頭中央に向かって１頭ずつ駆け出して来て、ややっと驚く正面客の前で急停止すると、２頭の馬の横腹から一人の童と一人の騎士の顔が覗き、合わせてこれにもどっと拍手が湧き、特に幼児の手綱さばきには絶賛の拍手が送られました。童の乗馬、曲乗り、それは機転を利かせた氏照のもてなしの心でした。このあと、また「ブオッ、ブオオーッ」と二番貝が鳴り響き、六つ太鼓が鳴らされると、

「次に模擬合戦を行う。各自所定の位置に着けいーっ」

と再び氏照の采配が挙げられ、同時に向かい合う左右の軍団の間隔が20丈（約60m）ほどに広げられました。

その瞬間、貝と太鼓と霊鐘の音がけたたましく鳴り響き、両軍の前列に並んでいた弓組から空に向かって一斉に矢が放たれ、鏃が太陽の光を返してキラキラ輝きました。続いて「うおーっ」と気勢をあげた槍組が前方に突出し、ぶつかる寸前で互いの穂先を上に向けて「チャリーン」と一つ突き合わせて互いに通り抜けると、その後ろから騎馬隊が駆け込んで、同様に馬上槍を合わせて通り抜けました。さらに鳴り物が鳴り響き、この槍合わせは二度往復して終わりとなりました。

そして締めくくりに龍陣姫がゆっくり撞かれました。

「コーン・コーン・コーン。……ウオンウオンウォンウォン……すばらしい、すばらしい演武だったわよっ」と姫の喜びの声を耳にして、「これにて演武のすべてを終わりまする」

氏照が馬を降りて正面席の氏康に一礼すると、感極まった氏康が立ち上がり、開いた扇子を頭上に掲げ横に振りました。

「見事であった氏照。よくぞここまで鍛え上げた。若い衆もみな見事であった褒めてとらすぞ」

続いて居並ぶ氏政や重臣達も拍手しながら立ち上がった。

　そして、見物客が立ち去り静かになった由井野陣場調練場には、さきほど演武を行った騎士達や兵達だけが残され整列する中、氏照と招待客や教官達が幄幕の中に招き入れられました。

　開口一番氏康が、

　「氏照、すばらしい演武であった。儂も久しぶりに目の保養になった。皆の者もご苦労であった。礼を申す」

と、氏照を褒め称え、関係者をねぎらったあと、氏照に尋ねた。

　「されど、かくのごとく美しき集団馬術の妙を氏照に教えたは一体だれじゃ。して、あの妙技を演じた童ははて何者ぞ」

　「はい、教授方はかって飯能の中山城主であった中山家勝殿と申される方で、童はその子息の助六郎と申します。先ほどは親子で演じて頂きました」

　「おおっ、さても関東にその名ありと響く馬術の名手中山殿であったか。さもあらん。さもあらん。して中山殿にはいかなる知行を宛がっているか、泰光は存じておるか」

　氏康はかたわらに奉行として控える狩野大膳亮泰光に尋ねた。

　「ははっ。それがしの知るところによりますれば、中山殿には柚保の三田殿の知行を得ている身なればとご辞退なされまして、月々三度のご出張師範の賄い費用として一貫文（約10万円）差し上げてお願いしているとのことでござります。本日はその故あって大途様とは直接お会いすることは適いませぬがよろしくお伝えくだされとのお言い付けでござりました」

　「なにっ、わずか一貫文とか、それはまた安い教授料だのう。よしっ相分かった泰光、今後は氏政とも図って三田綱秀殿の承諾も取り付け、中山氏を知行して氏照の家臣の列に加えよ。よいかこれは儂の命令じゃぞ。して、童の、そうじゃ助六郎とか言ったのう。かの子を来年に氏照が滝山に上がった節には源三の小姓として仕えさせよ。良いか氏政、来年じゃぞ」

　「ははぁ、かしこまってござります」

　氏康の指示に泰光と揃って頭を下げた氏政は、まだ顔を上げ切らぬうちに父に向かって尋ねました。

　「いま何と申されましたか、確か源三を来年には滝山に入城させると……」

　「そうじゃその通りじゃ。皆も揃っているこの機会ゆえ儂の決意を申し

76

ておく。

　本日、大石源三氏照の歓迎演武を見てその剛胆さを認め、来年には源三を滝山城に入城させ大石家の比佐姫と娶すことにした。このことはご来臨の大石の方々もご承認くだされい。合わせて嫡男氏政には、わが北条の身代の全てを譲り、儂は隠居して氏政を後見することに決めた。さらに、秩父の藤田殿にもこれに習い、北条の養子新太郎（乙千代丸…三男氏邦）にも近いうちに代替わりしていただく。そして、いま駿河の今川義元殿に預けてある四男助五郎（後の氏規）は、来年は証人の任期が明けるゆえ義元殿に元服親になっていただき、その後は小田原に戻して玉縄城の綱成の娘と婚約を結び、叔父幻庵殿に後見人となってもらい、時節を見て三浦三崎城に入れるつもりじゃ。これで四方の守りと版図拡大の基本が固まる。よって儂の肩の荷も軽くなるというものじゃ、ワッハッハッハー。

　のう氏政どうじゃ、いま集大成中の『北条氏所領役帳』も来期にはいよいよ公開することになるが忙しくなるぞ。心してかかれ」

　「………………」

　父の気勢に気圧されて、何も言うことが出来ないでいる氏政とその他一同でしたが、氏康はそれに対して一向に構わず続けます。

　「四方と申せば、儂は父氏綱殿と共にかねてより関東全域を陰陽道の風水相応の地と見立て、これを我が北条氏の当面の版図とすることをこれまで目標にして参った。

　さりながら、今はようやく武蔵と上野の西半国は適ったが、下野・常陸・上下房総は未だほど遠い有様じゃ。

　よって、これより鉢形の氏邦には北関東を、滝山の氏照には下野から常陸利根川沿いの東北方面を、そして氏政には氏照を付けて上総方面の開拓へと、さらに助五郎が三崎の城主と相成った暁には海を越えて下総の里見に対抗させるつもりじゃ。

　本日只今、氏照の軍団の演武を目のあたりにして我が家にも若き精鋭が育っていることを確認した。

　まず明後日出立の房総遠征には、今回の演武者の中から19歳以上の騎士を氏照の旗本として30騎ほど選び、それらの騎士の家の侍どもを加えて約100人程度の大石軍団を編成し、氏政の寄騎として連れて行くことにする。小田野源太左衛門殿・庄康正・近藤助実にその準備と遠征の同行を命ず

る。ただし断っておくが、氏照以下この旗本等にはけっして戦場働きをさせてはならぬ。まぁ今回は言うなればこの若者等の見分が目的じゃからのう。

　なお滝山の留守は、大石定仲殿・石巻宗貞・狩野康光によって差配されるがよかろう。のう憲重殿これでいかがじゃ」

　一応氏康は今は大石家の総領として、そして氏照の義父としての憲重の立場を思んぱかって、かたわらに控える憲重に同意を求めました。

　「格別のお計らいをいただき誠に有り難く存じまする。さぁ、氏照殿からもお礼を申されよ」

と憲重は氏照に挨拶を促しました。

　「大途様並びに義父上様には、この度この氏照に初陣の機会を与えていただき、誠に有り難く嬉しく存じまする」

と氏照は如才なく礼を返した。するとその背後で声がして、

　「源三、吾も共に行けて心底嬉しいぞ」

と、それが兄氏政の声と知って、氏照は急に感動で心が震え、兄の愛に目頭が熱くなるのを覚えたのでした。そして「この兄のために尽くそう」と生涯の目標を誓いました。氏康への閲兵が終わり、見学者達がすべて立ち去ったあと、氏照は一人幔幕を出て閲兵場の本陣前に吊されている霊鐘龍神姫に近づき、いとおしげに木鎚を取ると一打軽く撞きました。つい先ほどまで、あれほどに荒々しく吼えていた鐘の音は、今はいつものように「コーン」と爽やかに一つ鳴ったあと、例の如く「ウォーンウォーン」と鳴き、すぐに姫の声に変わりました。

　「ご苦労様でした、氏照様。今日もまたお会い出来て嬉しかったわ。ありがとう」「ああ、大事な閲兵を手伝ってくれて有り難う、おかげで明日からは大途様に従って上総下総へ初めての遠征が適った」「おめでとうございます。お父上の申される通りこのたびはあくまで戦見学、けっして自ら手を出されぬように。あなたの実戦初陣はまだまだ先のこと、あえて申し上げまするが、関宿の城の方々特に簗田晴助には重ね重ねご注意なされませね」「かたじけない。常々の姫のご忠言、この氏照決して忘れは致しませぬ」「では気をつけて行ってらっしゃい、氏照様」

　まるで母のような優しい姫の声が響きました。

永禄元年（1558）6月、氏康は氏照を滝山城に入れる前に、あたかも、公方や下総の国人達に北条の若き実力者達を紹介するかのように、まず最初は下総の関宿城を囲み、数十人の馬廻り役を連れて入城しました。そして、数日前にこの城に移るように指図しておいた甥の関東公方足利義氏とその宿老梁田晴助に面会して公方が確かに城に移っていることを確認し、その公方を立てて、これより下総を検分して廻る行程を説明した上で、梁田氏の息子もその証人として遠征に同道することを迫ったのです。そして、城門に見送りに出た足利義氏と梁田晴助に氏政・氏照を紹介したのち、特に氏照を前に押し出し、以後氏照を公方の後見役にと考えていることを告げ、囲みを解いて房総行脚の道に着いたのでした。

　結局この遠征ではさしたることもなく、12年前の河越夜戦以来、鳴りを潜めている下総の国人達は、自分の城を囲んでは通り過ぎて行く公方の名を借りた北条の大軍をただ見守るばかりでした。

　この従順そうな態度が、いわゆる北条に対して恭順を示している姿であるとは毛頭思ってはいない氏康でしたが、まずは新陣容による武威を示すという初志の目的は果たしたと満足し、小田原城に戻ったのは夏も暑い盛りの頃でした。ついでの話ながら、翌年、氏照の小姓となった中山助六郎は、後年中山家範と名乗り、八王子城の重臣の列に加わって八王子城合戦で大活躍する部将です。

第3場　氏康、子等に北条氏所領役帳を見せ、四神霊獣印寄与

〈幕間の解説〉　年が明けて永禄2年（1559）2月、北条氏康は嫡男氏政（満21歳）に家督を譲り、同時に課題の『北条氏所領役帳』を公開しました。

　その中に「由井領」なる氏照に関する領土の記載があるのですが、これはこの本でこれまでお話してきましたように、元はと言えばかっての領主大石道俊（定久）領すなわち滝山城の相模国支配領域でありましたが、北条氏が相模に進出した際に、伊勢新九郎長氏（早雲）や氏綱が大石氏から奪取したもので、この時代ではもう完全に北条氏の領土となっていたものです。ちなみにその内容を見てみましょう。

『北条氏所領役帳』他国衆（氏照）

一つ、由井領

七拾弐貫四百廿三文　久良岐軍冨部臨江寺分　　　（神奈川県横浜市一帯）

五　拾　貫　文　小山田庄内　小野地　　　（東京都町田市一帯）
　　　　　　　　　東郡　溝上下、今ハ山中彦四郎
　　　　　　　　　　　　　　　　　（神奈川県相模原市上溝下溝一帯）
　　　　　　　　　同　　座間　　　　　　（神奈川県座間市一帯）
　　　　　　　　　同　　粟飯原四か村　　（神奈川県相原一帯）
　　　　　　　　　同　　落合　　　　　　（東京都多摩市一帯か）
　　　　　　　　　武州　小山田の内四ケ村　（東京都町田市一帯）
　　　　　　　　　大石信濃守六貫文平沢内金剛（大石定基分）

　源三がいたと思われる星谷城とそれに縁が深い星谷寺や鈴鹿明神などの所在地である座間、そして後に娘貞心尼と夫の山中大炊介が新婚時代を過ごした地である上溝下溝、さらに滝山城代料として大石定基に贈った松木付近の平沢内金剛の地、すべていままでお話した氏照ゆかりの地域がこの所領役帳に記載されています。

《小田原城八幡山本曲輪》　永禄２年（1559）２月、嫡子氏政（満21歳）の家督相続祝いに駆けつけた大石源三氏照（次男満19歳）・藤田新太郎氏邦（三男満18歳）・そして昨年末に数え年で元服を終え、駿河から戻った北条助五郎氏規（四男満14歳）ら四人の息子と、今後氏規の後見人と決まった幻庵を前にして、氏康は、改めてこの『所領役帳』の内容とその戦略的な意義を説明してから、かたわらの文箱の蓋を開き、中から四つの大印鑑（約７㎝四角）を取り出すと、円居し歓談していた息子達の前に置き、おもむろに口を開きました。
　「このように皆が一同に揃うのはめずらしきことじゃ。
　おかげで氏政も一人前になったゆえ、これを機会に皆に再度申し聞かせておくことがある。
　今は亡き我が父氏綱殿は早雲公の後継者としてその遺訓をよく守り、時

北条氏政　　　　　北条氏照　　　　北条氏邦　　　　北条氏規

虎朱印
禄寿応穏

青龍印
如意成就

玄武印

真実印

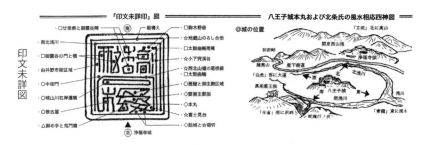

にはおそるべき慧眼と才能を発揮して、今日かくある我等北条家の礎を築かれた。その成果が皆に披露したこの『北条氏所領役帳』じゃが、大事業と申せば、氏綱殿は鎌倉幕府執権北条氏への回帰を目指され、策略をもって伊勢氏から北条氏へ改名されたのじゃった。そしてその名を基にして鶴岡八幡宮を再建され、関東の者等に対してその地位の必然性を示された。また、我等が目指すべく版図の古代からの歴史を探索し、今の関東管領が治める地域の多くは古代平安の頃（940頃）に日奉氏西党の由井氏が統治し、源頼朝公が幕府を開かれた時代（1191頃）には、この地域を鎌倉府の直轄領としていた。その後の執権北条氏時代を経て足利幕府となってからは、関東では守護を管領と、守護代を目代と呼び、大石や藤田などがその目代として今日その任に当たって継続されていることを理解された。氏照誕生と同時に、現在の管領上杉領すなわちその目代の大石領というものは、言い換えれば往古は由井氏の統治領であり、しかりその氏の血を受け継ぐ由井源三氏照が継承するものであるとの結論に至り、その基盤となっている由井領を奪回するために、まず氏照に由井家を相続させ、その所有権を行使されたことは、まだそなたたちの記憶にも新しいところであろう。その現実的な成果がふた月後に迫っている氏照の滝山入城じゃ。我が父も草場の陰でさぞやお慶びでござろう。

　そして亡くなられる直前に、この儂に、もし我が家に四人の男子が得られたならば、関東全域を陰陽道の風水になぞらえて一人を北の玄武の位置に、一人を東の青龍の位置に、そして一人を南の朱雀の位置に配し、西の小田原城は残る白虎の位置と固定して、それぞれに四神相応の守りの呪と版図拡大の意義を悟らせ、この役目に邁進させるようにとの遺言をなされたのじゃ。

　いま氏規を除き、皆が相応の任地に配されているのはそのためぞ。この

度はその氏規も駿河から戻ってきて四神が揃ったゆえ良き機会じゃと思い、本日は皆に儂が造らせた風水四神相応の大印を渡すことにした。

　この件は皆にも事前に話してあることゆえ分かっておろうが、いま実際にその印を手にとって見て思うところがあれば儂の問に答えよ。

　氏政。そなたの印は北条家累代の首長が持つ虎の印じゃが、それは風水の白虎印にも通じる。そちはこの印に何を念じ祈願するや」

　「はい、我等が主城小田原城は風水相応の関東の最西端にあり、運気で申せば、霊獣神白虎の如く鋭き眼にて牙をむき、関東中に監視の目を怠らず、そして邪気を払い、めでたき運気とあれば逃さずこれを懐に包み込み、周囲に分け与える運気と心得ます。また印文に「禄寿応隠」とあるは、「民には常に憐れみをかけて共に幸せで平和な世の中を作り暮らしたい」という願いが込められていると考えられます」

　「うむ良かろう。して、氏邦は近い時期に天神山より鉢形城に移り、藤田氏の領土を嗣ぐことと相成るが、その印に込めたる思いとは如何なるものと心得る」

　「されば、我等の城は小田原城から臨む関東の北に位置し、いただきましたるこの印の霊獣神の彫刻を見まするに亀に蛇が絡む造形にて、まさしく風水の北の守りの玄武に相応し、北からの災いが入り込まぬよう専念し、これを福となすべしとの願いが込められていると心得ます。また印文の「禽邦把福」には、「近隣の国々とは互いに手を携えて共に福を掴んで行くことを念願する」という思いがあるものと存じまする」

　「その通りじゃ。そちが目指す最大の課題とは、まずは関東北辺の固めと、上野・下野への版図の拡大であることを忘れるな。そして次に氏照、そちの大印についての意見を述べよ」

　「はい。私の印の彫刻には龍の姿が描かれていますので、これは四神相応の東方神獣青龍と心得えます。龍とは四神中央部の大地の龍穴より出でて天を駆けめぐり、諸々に福を運び幸せをもたらし、また地に帰る神獣と聞きおよびますゆえ、印文の「如意成就」とからめて、わが兄の西部神域ならびに弟の北部神域・南部神域のみならず、余すところすべてへ福を運び、そのうえ関東中央部から東へ、ならびに東北方面への版図拡大のために、まさしく青龍神となって駆けめぐり邁進すべしとの大途様のご存念が示されているものと考えます。よって印文の「意の如く成り就う」は

誠に心強うござりまする」

「よしっ、いずれも良き解答じゃ。

さて最後に氏規じゃが、本来なれば朱雀印を渡すべきところだが、そち
はいまだ城持ちではないゆえ、大印は後見人の幻庵殿にあずけておく。そ
の替わりにこの父よりその「真実」印を授け置く。よいか、そちは今川殿
のご推薦により室町幕府より「御相伴衆」の地位が与えられた身じゃ。都
の礼式にも明るくなったことゆえ、この上はわが家の真義の光となり、ま
さに南方朱雀霊獣神のごとく常に南にあって陽のごとく赤く輝き、兄者達
の業績を正しく見守り、北条氏の真を尽くして国を安泰に導いてくだされ
や、良いか」

「はい父上、この氏規、かしこまり承ってござりまする」

「うむっ、頼むぞ」

氏康は氏規に話を終えると叔父の幻庵に向き直り、

「叔父上にもよろしくお願い申し上げまする。氏規については、近い内
に北条綱成（河越夜戦の主役で玉縄城主）の娘（法名・高源院殿）と婚約
させ、将来は亡き弟為昌の菩提者として相模三浦郡の支配権を継承させ、
三崎城主として安房の里見勢に対処させるつもりでござる。源三同様、ま
た氏規のご後見のほどよろしくお願い申し上げまする」

「お任せ下され大途殿。この幻庵誓って承知つかまりました」

幻庵の力強い承諾に氏康は満足げに頷き、円居する息子達を見回しまし
た。

そして「いよいよ滝山入城じゃ」とずしりと重い言葉を閉じました。

〈幕間の解説〉　ここで少し龍と氏照との因縁についてお話をいたしましょ
う。

父より拝領した「青龍印」に絡んで、氏照には龍との因縁話が多く語ら
れていますが、その一つに氏照の支配地の獅子舞の頭に龍頭（頭が竜顔）
を用いていることが挙げられます。例えば八王子市四谷・石川町・狭間町
などの例がありますが、いずれにも氏照から奉納されたという言い伝えが
あります。先にお話した騎龍観音は他に竜頭観音とも呼ばれていますの
で、北条氏そして氏照が如何にこの龍頭観音菩薩因縁を信奉し、大事にし
ていたかが窺えます。

83

そこでこの氏照につきまとう龍の影について、その要因と結果を考えてみますと、次のことなどが想い出されます。

〇北条氏の三つ鱗紋とは、鎌倉幕府執権北条時政が江ノ島弁財天へ祈願した際の縁起にある、時政が龍神が海上より空に飛び出す時に三枚の鱗を落としていったという夢を見て、これを紋所としたことに起因していること。

〇戦国時代になって、これを継承した北条氏綱と氏康が江ノ島弁財天を家の守護神とあがめ、後に氏照をしてこの神域の別当職に任じたことから、龍が氏照の霊獣神としての認識があったこと。

〇氏照が滝山に入城した時に受領した風水四神相応青龍印の、霊的方角（東）と版図拡大を目指す氏照の背中を押す霊獣（青龍）という霊的理念が、奇しくも氏照に期待した北条氏の理念と一致したことによりますます定着したこと。

〇滝山城入城後に氏照は城の東南辰巳の景勝地「龍池」の畔に、自身が開山して兄の桂巌和尚が開基した「金龍山少林寺」という、龍にまつわる寺を建てていること。

〇八王子城築城と同時に本丸の北西の谷に「青龍寺」を建て、その谷を「青龍寺谷」、滝を「青龍寺滝」と命名していること。

〇氏照は笛を奏することを愛し、それゆえに名笛「大黒」（夫婦笛に徳川家康か所有した獅子丸あり）を有し、笛の管理者に笛彦兵衛（本名浅尾彦兵衛）を当てたがために、この地方に笛嗣観音堂（八王子市小宮東福寺境内に残る）物語（折れた大黒を観音様に祈り、元の通りにしてもらった話）を残すなど、氏照が村祭りに参加したと思われる笛と竜頭に繋がるエピソードなどが偲ばれること。

〇生涯に亘り氏照は大印が意味する願いに精進し、天正の頃までに版図を東・東北に拡大、北から利根川沿いに、壬生城・小山城・榎本城（城主近藤助実）・古河城・水海城・栗橋城（城主北条氏照のちに大石定仲）・山王山砦・関宿城・野田城・小金城など、まさに霊獣神青龍が目指す方角の東・東北方面にかけて支配権を伸ばし、一時は栗橋城主も兼ねて、氏綱や氏康が願った関東風水四神相応のうちの東方青龍神となり、印文の如く「意の如く成り就えた」のでした。

　しかし悲しきかな、後になって寄居城主北条氏邦（藤田氏）の家臣猪俣

84

氏が引き起した関東北辺の名胡桃城（群馬県沼田市）奪取事件が、豊臣秀吉が発した関東惣無事令に違反したという廉で秀吉の怒りに触れ、北条征伐の口実を与えてしまいました。そしてそれが100年あまりも続いた北条氏の滅びる原因になろうとは、その時点で誰が予測出来たでしょうか。氏邦の大印が意味する「玄武」の風水相応の呪と印文に託した「把福」の理念がどこでどのように失われてしまったのでしょうか。それは神のみが知るところでありました。

第７幕　大石源三氏照滝山城に入城

〈幕間の解説〉　永禄２年（1559）４月、つい最近まで薄紅色に野山を染めていた桜花は、今はすっかり散り果てて、初夏の風が木々を吹き抜け、青葉の香りだけを風に載せた、むせかえるような暑い日々がやって来ました。

　ここ武蔵由井野陣場調練場には、大途北条氏康・宗主氏政と小田原城の主だった家臣等で編成された騎士団、それに徒侍と足軽らを合わせて1,200人。一方氏照を先頭に滝山城若手衆ほか由井衆など、氏照が養成して構成した騎士団約200騎とその徒衆合わせて約800人。そのほか、幻庵の相模国中郡と座間星谷城衆並びに玉縄城の一部の衆を合わせて500人ほどの軍勢に加えて、近藤助実の武蔵南西部「おだわら道」沿いの守備兵ら約500人と合わせて総勢約3,000人の軍勢が、ここ武蔵由井野陣場に集結していました。

　本日は氏照の満19歳の誕生日であり、大途氏康はこの日に氏照を滝山城に入城させることにこだわっていたのです。

　２ヶ月前には、まず嫡子氏政に正式に北条氏を嗣がせて大途並としたし、そして次は氏照に大石氏を嗣がせることになります。その次には氏邦に藤田氏を嗣がせ、そして最後に氏規を三崎城主に据えて妻を娶らせれば、彼等の父としての責任と義務を一応は果たしたことになります。

　あとは一旦隠居して、その後は彼等の背後を援助しながら版図拡大戦略計画に専念するつもりでした。そう、昔で言えば院政というところでしょうか。

　振り返れば、今から19年前のこの日（釈迦誕生日直前）に、氏康は大石

氏の証人として小田原城藤原平に拘束されていた寡婦由井殿に由井氏の血筋に繋がる源三を産ませ、家法に照らし合わせて諸々の操作の上に、北条家の第二の相続権を持つ次男として氏照を正式に系図の中に加えたのでした。果たしてその後、管領上杉氏との「河越夜戦」の結果、勝者の戦利としてこの子を大石氏の養子にすることに成功し、大石氏の娘との婚約も果たしましたが、それから待つこと久しく、いまようやくそれを実現する日が訪れたのです。

実際のところ、滝山城周辺は完全に制圧していたわけではなく、例えば杣保の三田綱秀などは未だに服従するどころか、最近は北条に対して徹底抗戦の構えを示し始め、奥地の辛垣山に砦を築き始めていたほどでした。したがって、今日の入城祝軍に対しても、いざという場合に備えてのそれなりの軍事的装備を施し、編成したのでした。

《武蔵由井野陣場から滝山城入城》 氏康の指図で自分の陣営に呼びにきた横地与三郎監物丞吉信と共に、氏照が幔幕の中に顔を覗かせると、氏康は二人を扇で招き床几を奨め、「二人とも来たか。そこに坐るが良い、遠慮はいらぬ。さて横地とはそちは確か旧知の間柄であったのう」と切り出し、さっそく話を始めました。

「はい、数年前に横地殿ご兄弟が甲斐の信玄殿に逐われて、山深き杣保の道に分け入り、檜原の衆に案内されてこの由井野に来たこと、そして、数日の間、逗留の末に大途様のお許しを得て小田原の城へ案内したことを覚えておりまする」

「さようであったのう。実はいま横地には儂の馬廻り衆を命じ、兼務として小路奉行などを勤めさせているのだが、さすがに兄弟共に八幡太郎義家公の末裔で、しかも今川氏に破れて滅びた駿河菊川横地城主の嫡孫とのことだけあって、その器量才覚ともに著しく備わり、誠に頼り甲斐のある者達と見ておる。この度、そちの滝山城入城に合わせて兄の与三郎吉信をそちの家臣として与え、弟の新三郎を氏邦の小姓に付けようと考えているのだが、如何であろうか」

そう言う父の提案に氏照は何ら異存はなく、

「ははっ、有り難くお受けいたしまする」

と即座に答えると、氏康はすかさず横地に向き直り、

「これっ吉信、そなたのご主人様が決まったのだぞ、よくお礼を申せ。どうじゃ、この度の祝いに氏照にはこれは誠に良き引き出物となったのう。のう皆の衆よ。ワッハッハッハッハー」

と後方を見返り、そこに控えていた重臣達と笑い合うご満悦の体。

当然ながら、横地監物はその笑いの渦の中で氏照に深く礼を返していました。これが生涯に亘って深い信頼と絆で結ばれ、最後は八王子城代となり、また共に散った吉信との主従の初の出会いであったとは、いまこのとき誰が知り得たでしょうか。

「しからば、今回は横地吉信に滝山城入城の先遣隊長を命ずるゆえ。氏照、本日の行軍の部隊編成のすべてを吉信に手配させよ」

（いよいよ来たぞ）氏照は、咄嗟に構えて父の次の言葉を待ちました。

「氏照、いまの滝山城が置かれている周辺の事情は分かっておろう。部隊編成の考えはすべてそちに任せよう」

決断から実行への氏康の思考系統は常々氏照には分かっていることだから、準備はすぐに整えてありました。

「承知いたしました。では横地吉信に指図する。

まずは滝山城に行く祝軍の編成だが、先遣隊は貴殿には騎馬を含めて100人の兵を預ける。

次に第一祝軍にはご隠居様と新大途氏政様に就いていただき、200人の屈強な馬廻り役をお付けする。

さて第二祝軍800人は我等滝山城由井衆などの若手で構成し、行進する。その理由については少し説明を加えるが、これらは武藏由井野陣場にてこれまでの5年間に亘り我等と共に修練を重ねてきた者達であり、いまや主従である前に私の同僚であり、家族であり、また友でもある。よって、これより滝山への道筋あるいは城内にはおそらく彼等の縁者が待ち遠しい思いで多数出迎えていることであろう。言い換えれば本日は私の入城祝いであるが、同時に彼等にとっては凱旋の日でもある。儂はそんな彼等の思いを大事にしてやりたいと願っている。そこのところをよろしく。

次に第三祝軍だが、この殿軍は、北条幻庵先生と近藤助実の混成軍をもって構成し、これに400人を当て全軍の背後を固めることとする。なお、進軍の際には、馬上侍ならびに徒侍全員には準備した青色の羽織を鎧の上から羽織らせ、できるだけ鎧甲の物々しさを隠しながら進軍することとす

る。併せて我が家に伝わる宝霊鐘竜神姫は今は由井野の報恩寺に預けてあるが、これよりは滝山城の少室庵の我が義兄桂巌和尚に預けるによってこれを同時に運ばせよ。

　さて由井野陣場に残る兵1,500人について、入城と婚儀の式が終了するまで、案下道・おだわら道・南部一帯には小田野源太左衛門に任せ、秋川道・戸吹峠・滝山道一帯は大石定仲殿に警備をお願いする。その後については逐次、滝山城に集結するよう指図してある。

　さらに城内における諸々の手配について大石・北条奉行衆と良く打ち合わせが済んでいるゆえ心配は要らぬ。以上じゃ横地殿」

　「委細承知仕りました」

　横地監物は氏照の行き届いた計画を頭に刻み込むや、さっそく幔幕を押し開いて兵の集結場へと走り出して行きました。

　その姿を見送った氏照が氏康に黙礼すると、氏康は満足げに頷き返したのでした。

　横地監物吉信を先遣隊長とする祝軍が、由井野神戸（ごうと）の法泉寺の渡しから案下川（北浅川）を渡り、秋川道の榎木を経て桜株に達した頃、ようやく殿軍の後部が川を渡り終え、1,500人の祝軍全員が由井野の陣場から滝山城に向かって行軍していました。

　秋川街道の道筋には多くの領民が氏照の見送りに出ています。

　「源三どのーっ、行ってござらっしゃりませーっ」「また帰って来てくだされませーなぁっ」「いつか戻って来てまた笛を吹いてくだされやーっ」「源三ちゃまーっ、また魚釣りしまちょーっ」など、ここにはいつもの民衆との生活の声が聞こえていました。

　路傍の群衆の喚声は前を行く氏康にもよく聞こえていました。その時、「これが氏照の人間性を反映した領民の声か。いずれはこの天才的な求心力をもって多くの外交的な周旋（しゅうせん）をやってくれるに違いない」と氏康は呟いていました。しかり氏康が看破したとおり、後に氏照は軍事のみならず外交官としても多くの実績をあげて行くことになります。

　栖原から川口川を渡り、犬目に出て中野郷に入った頃は、さすがに街道の人影もまばらになり、滝山に向かって丘を昇っては降り、谷野郷に至りました。また尾根を登ってやがて東の丘に梅坪神社の森が見える高みから

眼下を見下ろすと、そこには谷地川に沿って道が東西に走り、道の両側には滝山の城下町が帯のように続いていました。その時、先遣隊から「進軍一時停止ーっ」との声。氏康・氏政・氏照の馬が前に出て並び、東から西に伸びて眼下に静かに佇む滝山城を眺めました。

　ややあって、城から出迎えに出て来た狩野一庵ほか奉行衆の面々が、早くも礼服姿で近づいて来て同時に三人の馬前に額ずくと、一斉に「遠路ご苦労様にござりまする」と唱和しました。

　「出迎えご苦労じゃ」と氏康が鷹揚に答え、氏政が「中山殿もそこにいるか」と衆の端に控える一人の初老の武者を指さします。すると一庵にうながされて、最近氏政に召し抱えられたばかりの中山家勝が三人の馬の前に進み出ました。

　「ご隠居様、大途様。それがしは馬術師範として新規お召し抱えいただききました中山家勝と申す者でござりまする。このたびは氏照様のお計らいにより、ご宗家より過分の知行をいただき、誠に有り難く存じます。加えて我が息子助六郎（後の中山勘解由家範）を氏照様のお小姓にお付け下さるとのこと、身に余る光栄と存じまする。この上は粉骨砕身し走り廻るべく励みまするゆえ、どうぞよろしくお願い申し上げまする」

　その中山に、横合いから「やぁ家勝殿お久しぶりでござりまする。貴殿のご教授のおかげで、それっ、かくのごとき大騎馬軍団が育ちましたぞ。この氏照からも重ねてお礼を申しまする」と氏照が気さくに家勝に声をかけ、後ろの軍団を振り返り、手にもった鞭で後続の騎馬団の威容を指し示してその功をねぎらいました。かくして、一行は谷地川に降りて川沿いの道を西に向かいましたが、ここでは丹木郷の大手門までの五丁ほどの道程の両側に、いま氏照が率いて来ている由井衆や滝山城若手家臣の家族や縁者がぎっしりと詰めかけ、これから我が主となる氏照の顔を一目見ようと盛んに馬上の氏照を仰ぎ見る姿がありました。氏照はそんな彼等にまんべんなく目礼しながら通り過ぎて行きます。

　足利式の瀟洒な造りの二階門に構えられた大手門前では、城の重臣達がこれから始まる祝賀式に列席するために礼服を着用して、おごそかな思いで佇み、氏照の一行を出迎えていました。

　そして先遣隊長の横地監物の指示のもとに各担当隊員が大声を張りあげながら、忙しく立ち回って各部隊の駐留陣場を案内しています。

「第一祝隊ご隠居様、並びに大途様はご本丸へお入りくだされーっ」
「氏照様は、中の丸にてご用意をーっ」

　大手門をくぐると道は天野坂と呼ばれる堀底道になっていて、途中、形ばかりが鉤形に曲がった地点を通り過ぎると、やがて左手の高みに広い小宮曲輪、そして右手には広大な三の丸曲輪が高く盛り上がって広がり、足利公方家風の書院造りの屋敷が建ち並んでいます。複雑に曲折する道の両側は、この季節に伸び盛る雑草がきれいに刈り取られ、鑑賞に値する灌木だけがところどころに残されていました。形の良い老松や樅の木、間断なく植生され、剪定された楓や紅葉が並び、全体的に見事な庭園風の赴きを呈しています。一見広大な平地と見まごうばかりのこの風景は、良く見ると、進むごとに少しずつ高くなり、それを調節するために、土盛りや堀で区切られて、千畳敷とか二の丸とか馬出とか中の丸という曲輪名が付けられて配置されています。

　兵達が青い羽織を纏って緑の木々の中を整然と歩く様子は、あたかも林の中を流れる川のせせらぎにも似て、もしも、彼等が武具丸出しの出で立ちであったならば、如何でか殺風景で物々しく無粋な眺めであったことでしょう。幸い氏照の若さ溢れる発想で、入城と結婚式が青い羽織の群舞のおかげでめでたさがさらにいや増し、平和な雰囲気に変わったのでした。やがて曲輪の林を突き抜けるほどの、横地監物の発する、「全員、そのままの場所で腰を下ろし指図あるまで待機せよーっ」という声がかかりました。それに応じて各曲輪の担当隊員達の連呼する声が林の中を駆けめぐり、青い羽織の兵士等が一斉にその場に腰を下ろすと、にわかに曲輪の中には、あたかも花菖蒲の花を敷きつめたような花園が広がりました。その瞬間、青い空を龍が悠然と横切ったような気がして、地上の誰も気づかなかったようですが、氏照だけははっきりとその姿を捉えていました。

「騎龍（龍頭）観音様が祝いに駆けつけてくださったのか」

　氏照は両手を合わせ、そう呟いた。そして今やまさに念願の滝山城に入城しようとする姿がそこにあり、遂に氏照も騎龍観音が乗る龍と共に滝山城への入場を果たしたのでした。

　こうして、氏照の滝山城への入城式は何事もなく厳粛に行われ、つづいて比佐との結婚式もつつがなく終了。そして霊鐘竜神姫は滝山城東南谷（中山谷とも呼ばれる景勝の地で龍の池のほとり）の少室庵に運ばれて安

置されましたが、これを見届けることと久しぶりの義兄との再会を楽しみにして、氏照は早速少室庵を訪れました。

「おおっ兄者、懐かしや、じかに会えるのは儂の元服式以来でござりまするなぁ」

氏照は、出迎えに出た桂巌を両手に抱き、桂巌もまた数珠を持った手を氏照の肩に回して歓迎の意を表しました。

「この度のご入城、誠におめでとうござりまする。その上、天下のご霊鐘をこの寺にお迎え出来るとは誠に光栄の極みでござりまする。これも龍頭観世音菩薩さまのお導きでござりましょうや」

「おおっ、それじゃ兄者一つよろしくお頼み申す。して、霊鐘龍神姫さまは今いずれにおわしますや」

当時は、まだ庵でしかなかった小寺の狭い本堂を見回して見ても、鐘など見つからないのを訝って氏照が尋ねると、桂巌はにっこりと笑みを見せて、「どうぞこちらへ」と先に立ち、庵の裏に氏照を案内しました。そこには四方八方を石垣で囲んだ頑丈な蔵が建てられ、重い観音扉が開かれると、正面に小さいながらも龍に跨った騎龍観音像が据えられ、今しも開かれた光を返して鎮座まします姿があり、その脇に天井から吊るされた竜神姫の姿がありました。

「見事な佇まいじゃ」と感嘆しきりの氏照を尻目に、桂巌は仏像と霊鐘に手を合わせ、「有り難たや、有り難たや、実は横地監物殿、狩野泰光殿が大久野（東京都日の出町）の番匠落合四郎衛門に造らせた仏堂にござりまする」と慇懃に答えた。

「左様でしたか、有り難き幸せ、儂も祈らせてもらうゆえ申しわけないが、兄者殿、ちと一人にしていただけぬかのう」

「それは誠にご奇特なこと、終わりましたなら庵に声をお掛けくだされ。茶など一服差し上げましょうぞ」

桂巌が去って真っ暗になった堂内で少し端座していると、天井横の石垣の石一つだけを抜いて造られた小さな明かり取りから漏れる光で辺りが見えて来ました。騎龍観音を正面に見て手が届くところに霊鐘があることを確認した氏照は、いつもの通り座禅の瞑想世界に入り、少し経ってから木槌を取っておもむろに鐘を二つ撞いてみました。「コーン、コーン、……ウオンウオンウオン」と音が鳴って、それが消えて行ったあと、姫の声が

91

します。

「氏照様、とうとう滝山の城に入られたのね、おめでとうございます。今のお気持ちはいかがですか」

「うむ、すべての儀式が終わって今は落ち着いたゆえそなたに会いに来た」

「まぁ嬉しいお言葉、また毎日お会い出来ますのね」

「そうだが、やらねばならぬ問題が山積じゃ」

「そうそれっ、氏照様は忙し過ぎです。あまりお仕事にばかり気を囚われまするな。これまでのように人の先頭にばかり立たず、これからは人々の後ろに立ちなされ。そして、人々の言葉をよく聞き、事柄をよく確かめ、それをよく噛みしめてから人々と十二分に話し合ったすえ物事を決断し、人々と共に働きなされ。さらに裁許にはどうか厳しく臨まれ、法により正しく裁きあるいは許し、罪人には情けをかけ、更正を助けて人々の恨みを買いませぬように。そうそう、たまには笛を奏でて人々と楽しく踊り、歌を詠み、書を読み、心を磨かれ、疲れたら大きな声で謡いなされませ。それにしても当座はお城の改修とご家来の再編成でござりましょうか。戦のことは私にお任せあれ。だって私の回りにはねっ、沢山の戦の神様達がいらっしゃるんですもの。あらっ、私って氏照様に余計なことを、でも私って氏照様が大好きなんですものー、ほっほっほっほー……」

笑いながら姫の声が遠ざかって行きました。

「姫よ、かたじけない。誠にそなたの言う通りじゃ。この入城を機会にそう改めよう」

と、薄暗い堂内で氏照はそう誓いました。

第8幕　輝ける日々

第1場　比佐との新しき日々、そして城の刷新

〈幕間の解説〉　永禄2年（1559）、満19歳になった氏照は、由井屋敷や浄福寺城を出て滝山城に入城するや、同時に許婚者の大石比佐姫とも結婚を果たし、滝山城主大石源三氏照として遂に武藏・相模の内の古由井領を基盤とする広大な領土を支配することになりました。

滝山城への入城時期については未だに史学会筋では問題があり、はっきりしていませんが、著者はこれを実証する一通の文書を証拠として皆さん

にご提供し、ご案内します。

北条氏照朱印状　〇三島明神社文書
（内　容）
　　「小宮之内、宮本祢宜職、如前〻可走廻者也、仍如件
　　　　　「如意成就捺印」布施景尊
　　　　　　　　　　横地吉信　奉
　　未／己霜月十日（永禄二年・1559年・11月10日）
　　　　祢宜　宮本六郎太郎」

　この文書の文意は、「小宮（東京都あきる野市五日市町）の三島明神社祢宜職宮本六郎太郎に対して北条氏（氏照）がその身分を保障するから、今後も従前通りに北条氏のもとで働くように申し渡す」としています。しかもこの文書の捺印の印影が、氏照が滝山城主になった時に使用すべく、父氏康が氏照に授けた前述の大印「如意成就印」ですから、これ以上の確かなも

少林寺

のはないでしょう。もしもこれを、「こんな印鑑ぐらいは、誰でもどこでもいつでも捺すことが出来る」と答える人がいたとすれば、それは古文書に対する大いなる冒涜と見なさなければなりません。
　さて、武藏並びに相模東郡の新しい領主となった大石源三氏照は、入城後、新妻の比佐と日々仲良く幸せに過ごしていましたが、一方では城の改築と軍団の再編成に果敢に取り組み、小田原城から間宮若狭守綱信など当時の築城術に長けた若者などを呼び寄せ、その指導の元に次第に滝山城は北条流築城術の粋をこらした堅城に変わりつつありました。由井氏を中心にした西党の若者達により編成した軍団は、永年にわたり氏照自身が鍛え育てた結果、強力な軍団に仕立て上がり、もはやそれまでのように、城内に蔓延していた足利幕府時代の公家のような柔弱な体質は陰を潜め、正に戦国時代に適合した体制となっていました。
　氏照がこの様に再編成を急いだのも、かって越後に逐電し、上杉景虎を養子に入れて己が家を継がせ、しかも関東管領職を投げ打って景虎に譲渡

してまでももう一度関東に帰り咲きたいという上杉憲政の執念が、不気味に関東に漂い始めていたからでした。

そういった刺激に動かされたからでしょうか、柚保の三田綱秀などは、さっそく越後と誼を通じ合い新城を築き始めるとか、またそれに触発された武田氏などが甲斐の領土境を固めるなどして争乱のきざしが見え始め、ついには上杉景虎が近々滝山城に攻めて来るという噂までが囁かれるようになりました。

一方、滝山城では氏照と比佐との甘い新婚生活が続いていました。

《新装となった師走の滝山城内》　永禄３年（1560）５月、東海から衝撃的な情報が伝わって来ました。

あの駿河の太守今川義元が、事もあろうに織田信長の急襲に遭って尾張の桶狭間で討ち取られたという透破（忍者）からの衝撃的な報せでした。かって東海を旅した時には随分お世話になった人でしたから、氏照としても他人事とは思えず今川氏に対して深く弔意を表しました。

「よしっ、これで甲斐の信玄も背後を気にせず北に専念出来るに違いない。当座は景虎も軽はずみには動けまい。それまでにこの城の改造の完成を急がねば」

今日とても、氏照は新妻の手を引いて、日々変わる城の工事の様子を見せるために城内を案内して廻っていたところでした。

「殿、これからは、わらわはどこに住まいするのじゃえ」

いまにも迫り来る戦の危機も露知らず、まだあどけない顔をしながら、ただうれしそうに問いかける比佐を可愛いく思い、氏照は、

「うむ、奥はこの中の丸御殿に住まうのじゃ。そして儂はそなたと離れて本丸御殿に住まうことになろうぞ」

「いやじゃ。それはいやじゃ、殿と離れて暮らすなんてわらわは嫌じゃ」

「奥、無理を言うではない。これは大名の家の仕来りじゃ。会いとうなったら互い

氏照と比佐の仲むつまじき姿

に橋を渡っていつでも会えるではないか。本来ならば、この中の丸の隣の二の丸だったのを、この儂の頼みを聞いてもらって変えたくらいだぞ」

「でも……」

「その代わりと言っては何だが、それっ、下の弁天池を覗いて見なされ、比佐。池が大きく深く掘られて、ほら桟橋もあれば舟も繋いである。いつか手が空いたら儂が舟を漕いで奥を乗せて進ぜよう。子が出来たら子達も一緒にのう」

子供と聞いて、少し拗ねていた比佐も心に夢が膨らんできたせいか、氏照に肩を抱かれながら下を覗いたとたん急に顔が明るく輝きだしました。

「いつの間にこのようになったのじゃえ。前は沼一面の菖蒲田だったのに、その花も池の回りにきれいに植えられているし、あそこに水鳥が、そして鯉も泳いでいる。むかしの池の名残だった弁天様の島も出来ている。うれしいーっ、これは全部殿が造ったのかえ」

「造ったのは大勢の作事人達だが、考えたのはこの儂だ。まだまだそなたが驚く事が一杯あるぞ。では案内して進ぜよう」

中の丸の虎口を出て橋を渡り、二の丸に足を踏み入れると、そこには今しも大勢の作事人達が働く姿がありました。作事人達は深い堀と土手を築いている最中です。

かつて比佐達が子どもの頃は、中の丸と二の丸の間には小さく低い土手と浅い堀だけがあって、子供達はそれを登ったり降りたりしてよく遊んだものですが、いま見るその土手は比佐の背丈よりも高く、堀は降りたらもう上がってはこられないほどの深さでした。

「ほんにびっくり。殿、これは一体何のためのものじゃえ」

「この土手は土塁と申してのう。深く掘った時の堀の土を反対側の曲輪の端に高く積みげて造ったものだが、もしも敵が攻めて来たとしたら、目の前に深い堀があるうえに向こう側には高い崖が出来ているので、これではとても簡単には攻められないと諦めさせるものじゃ。奥も薄々聞いていようが、越後の長尾景虎が前管領の上杉憲政と共に近々この城に攻めて来るという噂があるゆえに、いまこうして急いで築いているのだ」

このような作事が城内で行われている期間には、いつも比佐は城外の竜ヶ池の畔にある桂巌和尚の小室庵の近くの屋敷に母や妹と共に仮住まいしているのですが、今ようやくこの現実を見て城がこれほどまでに変わって

95

しまっていようとは思いもよらなかったのでした。

　氏照は、比佐を連れて改築中の東南方の信濃屋敷・刑部屋敷・カゾノ屋敷、そしてもう一つの池の大池を見学して、東馬出・大馬出・千畳敷・三の丸・小宮曲輪など城の主要な箇所を見せて廻りました。特に千畳敷の広場では若い家臣達がちょうど槍の稽古に励んでいて、その鋭い気合いと激しい動きに比佐は目を丸くしました。

　いずれの箇所にも比佐には理解出来ない複雑な地形の土塁と堀が穿たれ、家臣の動きや声も活き活きとしていて、比佐の目にはもう往年の守護代時代の面影が殆ど失われ、すべてが今の時代の風景に変わってしまっているように感じられました。城内を回り終えて本丸に戻った比佐が開口一番、

　「やはり殿は賢く、しかも強いお方じゃ。兄の定仲様がいつも申されていた通りの殿じゃ。わらわにもその強いお力を分けてたもれ」

　愛しい氏照の両手を強く握りしめました。氏照はそんないじらしい妻を胸に引き寄せ、強く抱きしめるのでした。なお、氏照の北条流築城術によって改良されたと思われる滝山城の絵図は、中田正光氏の『滝山城戦国絵図』、ならびに『よみがえる滝山城』（揺籃社刊）に詳しく載っています。

第2場　氏照初陣、三田氏を滅ぼして関東にその名を轟かす

〈幕間の解説〉　大石氏系図による一つの説ですが、永禄3年（1560年）に氏照が大石氏の宗主の座を降りて、あとを義兄の大石定仲に譲り、本人は元の姓に戻って北条源三氏照と称していたと言われています。氏照が元の姓に戻ったということは確かなことで、9年後の永禄12年（1569年）1月に、氏照が越相同盟の先駆けとして越後の上杉輝虎（景虎・政虎から再改名）に送った書状に書かれている名前が「北条源三氏照」となっているので、それは間違いないことです。

　ただ、いつ改名したのかは今もって不明となっています。もしもこの大石氏系図の記述が正しいとすれば、例えば上杉景虎が関東へ侵入して来るという風聞が立ちはじめた頃、氏照が永禄4年1月、小田野源太左衛門に上杉の来襲が確実と見て、その守備固めを厳しくするように命令した書状が今も残されています。氏照としても景虎という大物と一戦を交えるわけですから、この際に軍事力が均衡した北条氏の名のもとに対決しようとい

しまっていようとは思いもよらなかったのでした。

　氏照は、比佐を連れて改築中の東南方の信濃屋敷・刑部屋敷・カゾノ屋敷、そしてもう一つの池の大池を見学して、東馬出・大馬出・千畳敷・三の丸・小宮曲輪など城の主要な箇所を見せて廻りました。特に千畳敷の広場では若い家臣達がちょうど槍の稽古に励んでいて、その鋭い気合いと激しい動きに比佐は目を丸くしました。

　いずれの箇所にも比佐には理解出来ない複雑な地形の土塁と堀が穿たれ、家臣の動きや声も活き活きとしていて、比佐の目にはもう往年の守護代時代の面影が殆ど失われ、すべてが今の時代の風景に変わってしまっているように感じられました。城内を回り終えて本丸に戻った比佐が開口一番、

　「やはり殿は賢く、しかも強いお方じゃ。兄の定仲様がいつも申されていた通りの殿じゃ。わらわにもその強いお力を分けてたもれ」

　愛しい氏照の両手を強く握りしめました。氏照はそんないじらしい妻を胸に引き寄せ、強く抱きしめるのでした。なお、氏照の北条流築城術によって改良されたと思われる滝山城の絵図は、中田正光氏の『滝山城戦国絵図』、ならびに『よみがえる滝山城』（揺籃社刊）に詳しく載っています。

第２場　氏照初陣、三田氏を滅ぼして関東にその名を轟かす

〈幕間の解説〉　大石氏系図による一つの説ですが、永禄３年（1560年）に氏照が大石氏の宗主の座を降りて、あとを義兄の大石定仲に譲り、本人は元の姓に戻って北条源三氏照と称していたと言われています。氏照が元の姓に戻ったということは確かなことで、９年後の永禄12年（1569年）１月に、氏照が越相同盟の先駆けとして越後の上杉輝虎（景虎・政虎から再改名）に送った書状に書かれている名前が「北条源三氏照」となっているので、それは間違いないことです。

　ただ、いつ改名したのかは今もって不明となっています。もしもこの大石氏系図の記述が正しいとすれば、例えば上杉景虎が関東へ侵入して来るという風聞が立ちはじめた頃、氏照が永禄４年１月、小田野源太左衛門に上杉の来襲が確実と見て、その守備固めを厳しくするように命令した書状が今も残されています。氏照としても景虎という大物と一戦を交えるわけですから、この際に軍事力が均衡した北条氏の名のもとに対決しようとい

に橋を渡っていつでも会えるではないか。本来ならば、この中の丸の隣の二の丸だったのを、この儂の頼みを聞いてもらって変えたくらいだぞ」

「でも……」

「その代わりと言っては何だが、それっ、下の弁天池を覗いて見なされ、比佐。池が大きく深く掘られて、ほら桟橋もあれば舟も繋いである。いつか手が空いたら儂が舟を漕いで奥を乗せて進ぜよう。子が出来たら子達も一緒にのう」

子供と聞いて、少し拗ねていた比佐も心に夢が膨らんできたせいか、氏照に肩を抱かれながら下を覗いたとたん急に顔が明るく輝きだしました。

「いつの間にこのようになったのじゃえ。前は沼一面の菖蒲田だったのに、その花も池の回りにきれいに植えられているし、あそこに水鳥が、そして鯉も泳いでいる。むかしの池の名残だった弁天様の島も出来ている。うれしいーっ、これは全部殿が造ったのかえ」

「造ったのは大勢の作事人達だが、考えたのはこの儂だ。まだまだそなたが驚く事が一杯あるぞ。では案内して進ぜよう」

中の丸の虎口を出て橋を渡り、二の丸に足を踏み入れると、そこには今しも大勢の作事人達が働く姿がありました。作事人達は深い堀と土手を築いている最中です。

かつて比佐達が子どもの頃は、中の丸と二の丸の間には小さく低い土手と浅い堀だけがあって、子供達はそれを登ったり降りたりしてよく遊んだものですが、いま見るその土手は比佐の背丈よりも高く、堀は降りたらもう上がってはこられないほどの深さでした。

「ほんにびっくり。殿、これは一体何のためのものじゃえ」

「この土手は土塁と申してのう。深く掘った時の堀の土を反対側の曲輪の端に高く積みげて造ったものだが、もしも敵が攻めて来たとしたら、目の前に深い堀があるうえに向こう側には高い崖が出来ているので、これではとても簡単には攻められないと諦めさせるものじゃ。奥も薄々聞いていようが、越後の長尾景虎が前管領の上杉憲政と共に近々この城に攻めて来るという噂があるゆえに、いまこうして急いで築いているのだ」

このような作事が城内で行われている期間には、いつも比佐は城外の竜ケ池の畔にある桂厳和尚の小室庵の近くの屋敷に母や妹と共に仮住まいしているのですが、今ようやくこの現実を見て城がこれほどまでに変わって

う意気込みがこの改名に表れているとも考えられないでしょうか。また、氏照が軍事力を厳しくせよと小田野氏に命令した裏には、同時に三田氏の動向に対処すべしとの意味もありました。氏照は養父の憲重とも図り、最近不審な動きを見せ始めた杣保の三田氏を意識して、美山松木（八王子市美山町）の「おだわら道」に近接する古湯立山砦を、浄福寺城の出城として大々的に改修し、山入城と名付けました。三田勢がおだわら道を伝って襲撃して来る場合のことも想定していたと考えられることから、この頃は、かなり自意識が高揚していて、それが改名の動機ともなったのではないでしょうか。

　いずれにしても、この改名問題はまだ不確定要素が多く、この著書では今まで通り大石源三氏照の名で通して行きましょう。

　永禄４年（1561）３月、氏照満21歳のこの年。遂に長尾景虎は己が新関東管領であることを天下に誇示し、それが大義と標榜して、十数万にもおよぶ大軍を擁して南関東に侵入して来ました。その大軍の目標はあくまでも小田原城。北から鎌倉道（現在の国道16号付近）を南に縦断してきた大軍は、まず多摩川を平の渡し（八王子市平町の多摩川付近）で渡り、氏照が守る滝山城を西側に睥睨しながら軽くあしらい、ただ付近の小城に脅しの火を放つだけでした。やがて杉山峠（現在の御殿峠）を越えて相模に入り、橋本に出て上下溝・当麻に至って、津久井城を遠くに仰ぐ時宗無量光寺付近で陣を整えました。

　景虎は、無量光寺の亀形峰から、眼下に見下ろせる相模川上依知の渡しで全軍を右岸に渡し、一旦大住郡厚木付近に全軍を集結させました。そこから部隊を幾つかに分け、各隊小田原城を目指して進ませ、小田原城を十重二十重に包囲したものと考えられます。一方北条方では、初めから本城・支城ともに籠城作戦で臨むことにしていたので、守備は固く、景虎はいつまでも城に閉じこもったままで埒があかない小田原城に業を煮やし、やがて馬首を巡らせて自ら鎌倉に入り、鶴岡八幡宮の社前に全軍を集めました。そして、皆が見守る前で己が関東管領職に就任した証を示し、以後は上杉政虎と改名して暫くは鎌倉に帯陣していました。しかし、ほどなくして、越後に帰還してしまいました。

　今回の関東遠征で、政虎が小田原北条氏を一挙に葬ってくれるだろうと期待し、はたまたこれを信じて、その幕下に馳せ参じた関東の国人達は、

何ら成果も上げずにあっさりと引き揚げてしまった無責任な政虎の態度に憤りました。中でも、一番間尺に合わないと悔しがったのが、当時反北条の先兵であった杣保の三田綱秀や岩付（岩槻）の太田三楽斉資正等でした。

政虎が帰還したことで三田氏や太田氏の背後の守りが崩れ、戦略的に有利になった北条氏は、ここで間髪を入れず関東国人等への見せしめのためか、三田氏に的を絞って討伐作戦を開始したのです。

後で分かったことですが、政虎が早々と鎌倉を引き揚げた裏には武田信玄との合戦が目の前に迫っていたことがあったのでした。案の定、その後の９月10日には、信州川中島において戦史にも名高い第４次川中島の合戦が武田信玄と上杉政虎の間で戦われています。

このように、政虎が川中島の準備や周辺対策のために関東への手当がおろそかになっていた頃、それまで上杉の救援を頼りにして安穏を図ってきた三田氏の立場は、急にこの時期に狂い始め、今は完全に孤立無援となっていました。

いよいよ氏照の出番が期待されてきました。

永禄４年８月中旬、小田原城の大途北条氏康が三田氏に対して宣戦を布告し、傘下の大小名や家臣に出陣命令を下します。そして三田攻撃が開始され、各地の北条勢が続々と武藏由井野陣場に集まってきました。

この時に由井野陣場が軍勢集結場として使われていた様子が分かる史料を２点見てみましょう。

最初に、北条方から武田方に援軍を頼んだ時に出された史料です。

書簡①氏照から上野原城主加藤虎景への書簡のうち関連箇所を抜粋
　　　「前文略…甲府御加勢、早々千喜良口へ被引出可給候、為其信玄
　　　江も、申入候…
　　　後文略
　　　永禄四年　三月三日　　大石源三氏照　　氏照花押
　　　　　　　　　　　　　　加藤駿河守殿宿所　宛て」

書簡文中の「千喜良」とあるのは現在の神奈川県津久井町の「千木良」の地名で、氏照が武田信玄に頼んでいた援軍・上野原城主加藤虎景勢が早々に津久井の千木良に到着していて、氏照の手紙の届け先が「宿所」宛

98

となっていることから見れば、武田軍はここで一時停止していたことが分かります。千木良と由井野は多摩の横山を越えればもう目と鼻の先で、おそらく加藤氏はここで、これから入場する武蔵由井野陣場への道案内を待っていたのではないでしょうか。したがってこの手紙は、上杉政虎の小田原侵攻から政虎退去後の三田攻撃に到る間、武田方の加藤氏が武蔵由井野陣場にいたらしいことが推察出来る貴重な資料と言えます。

次はそれを証明する、武田信玄から加藤虎景へ出された書簡２通です。

書簡②
　　１、「敵三田内築新地之由候、然者、氏康由井在陣…後文略」
　　２、「其方干今由井在陣、如何様之仕合候哉…後文略」
　　　　以上永禄四年七月の書簡。

この２通の文を見て分かることは、①にあるように、信玄が三田氏のことを「敵」とみなしており、北条氏の味方の立場にたって、辛垣城新築の情報を把握し、氏康までが既に由井に在陣しているほど事柄が逼迫していることに関心をもっていることです。

②では、今もって家臣の加藤虎景が由井に滞在していることに対して、あたかも「由井と言うところはそんなに良いところか」と半ば皮肉っています。

これらの史料から総合的に判断出来ることは、武蔵野由井野陣場は確かに実在していたこと、そして当時氏照の滝山勢や氏康・氏政の小田原本城勢、加えて援軍の武田勢などもすべて収容されていることが分かります。そうであればこの武蔵由井野陣場はおそらく１や２万の軍勢をも収容出来る能力があったと考えられ、この書で縷々述べてきたことに当てはまります。

《由井野から杣保へ》　勝沼城および辛垣城の合戦についての言い伝えや史料が一切ないので、以下類推考でお話します。

永禄４年（1562）９月初め、氏照満22歳。

先発隊として派遣していた、第一陣小田野源太左衛門の三田討伐隊約3,000人が、昨日、三田谷の小城や城主不在となっていた青梅勝沼城を完

全に屠り、今朝方、辛垣城の出城である楯の城近くの杣保谷口裏宿（青梅市）に陣を敷いているとの報せを受けた氏照は、すぐ満地峠に布陣している第二陣の狩野泰光・横地監物・布施景尊等約2,000人にすぐに杣保谷への出動を命じ、軍議決定通り辛垣山西嶺を攻略して辛垣の喉仏、枡形城を奪取するよう命じました。

由井野報恩寺跡

　この度の戦いでは、宗主氏政と大途氏康は初めから氏照を先陣に立てて念願の初陣を飾らせようとしました。それまでも幾度かは初陣の機会があったのですが、何しろ滝山城主の名のもとに出陣させなければ、それまで喧伝し続けてきた、古代由井氏相続権を楯にした大石由井源三の意味が成り立たなかっただけに、滝山入城とこの戦いは氏康にとっても待ちに待った絶好の機会でした。

　氏康はかって河越夜戦の際に8,000人の軍勢で公方・管領を討ち破り、その結果として大石氏を降服させて氏照を養子となし得たことに験をかつぎ、今回も第一陣に氏照を立て、同様に8,000人の軍勢を与えてこの戦いに臨み、すべての指揮を氏照の自由な裁量に任せることにしました。

　氏照は、この三田合戦の主戦場は辛垣山新城一帯と判断し、まず自軍より500人の軍勢を割いて第一陣の小田野党に箱根が崎から三田谷を襲わせ、金子城（木蓮寺砦）・今井城・藤橋城など三田勢の小城を落とさせ、次いで主城の勝沼城をわずか1日で陥落させました。

　勝沼城や小城には、城主三田綱秀ほか重臣達が辛垣城に移ってすでになく、城代を任せられた縁者の三田治部少輔・主将の師岡采女佑・藤橋小三郎・久下兵庫助・宮寺四郎左衛門など以下数十名の者がそれぞれに立て籠もりました。しかしあえなく捕えられ、氏照は切腹することを許さず、その命を助け捕虜としました（彼らはのちに清戸三番衆として働き、氏照の有力な家臣団三田衆となります）。

龍神姫絵

100

第二陣への伝令の騎馬武者が駆け出して行くのを確認した氏照は、ここで愛馬「白龍」の傍らで、少室庵から持ち出した騎龍観音霊鐘を、担ぎ役として控える二人の馬廻り衆に命じて撞かせました。「こーん、こーん、こーん、ウォン、ウォン、ウォン……」といつもの音が余韻を残しながら消えて行くと同時に鐘姫の声がしました。

　「氏照様、とうとう初陣なさることになりましたね。本当におめでとうございます。私もあなたと枌保へご一緒出来ること、とても嬉しゅうございます」

　「うむ、儂も嬉しい、よろしく頼む」

　「そこで、この戦いの場に臨まれる前に、一つだけ憶えておいて欲しいことを申し上げましょう。この度の戦場では、あなたと鐘の私が離ればなれになることがあると思いますが、その時は、座禅の姿勢を取り、まず右手掌を上に向け腹に当て、左手掌を同じようにして右手掌の上に載せて、半眼瞑想し、「騎龍よ騎龍よ」と二度唱えなされ。そうすれば私とあなたは心の中でお話することができますからね、きっとよ。お忘れなくてね」

　「承知、さらば行かなん白龍よ」

　氏照は中空を仰ぎ見、姫に向かってそう答えると、鐙で白竜の腹を軽く蹴りました。

　「では思いのままお働きなされませ……」

と、空の上のどこかで姫の声がしてやがて消えていきました。

　主人と姫との問答が通じたのか、白龍も「ひひーん」と一声嘶き、片足で地面を叩いています。当然のことながら、従者達にはこの二人のやりとりは聞こえるわけがありません。氏照は、これで辛垣城攻撃だけに専念出来ると判断し、「戦機は熟したり」と叫ぶや、采配を高く掲げて全軍に出発を命じました。同時に幔幕の前に座っていた氏康・氏政も立ち上がり、鉄扇を開いて横に振りました。

　加藤虎景は武田勢から約200人ほどを割き、氏照の第三陣の後方に従います。氏康と氏政等の小田原本隊と武田勢残留軍は、氏照の後方支援隊として由井野陣場に残り、氏照の武運を祈りながら見送りました。陣場北門の櫓の上からは太鼓と鉦の音が兵士の歩調に合わせて鳴り響きます。氏照の馬が櫓の間をくぐり抜けようとするとき、両側から兵士の長槍が上空に向かって突き出され、穂先が合わさってチャリーンと音をたてキラリと光

りました。いよいよ氏照の初陣です。
　神戸で案下川（北浅川）を渡り、浄福寺を正面に仰ぎ見ながら縄切（八王子市美山町）から山入川に沿っておだわら道を遡り、少し谷に入ると、最近三田勢の来攻に備えて修復したばかりの浄福寺の出城山入城があります。ここ山入城では養父の大石憲重の軍団約500人が待機しており、氏照の軍勢1,500人と合流。憲重は氏康から今回の戦いの軍監役を依頼されていました。つまり氏照の戦い振りの一部始終を見極め、記録する証人の役目を仰せつかっていたのです。
　約2,000人に膨らんだ軍勢は、そこから戸沢峠を越えて秋川道に至り、いわゆる北条氏の軍道（伝馬道・おたわら道ともいう）の難所を伝って網代へ入りました。網代の村では戸倉・網代城主大石定仲の軍勢1,500人が氏照の到着を待ちうけていました。
　「おおっ、播磨守殿（大石定仲の官途受領名）、ご苦労にござる。これで合わせて第三軍3,000人が揃ったわけじゃな」
　氏照が馬上から定仲をねぎらうと、定仲も馬上で答えて、

秋川網代の渡し

「お館様にもご苦労様にござりまする。つい今しがた、第二陣への伝令が駆ける馬上でお館様ご出陣召されたと叫びながら通過しましたゆえ、今かと今かとお待ちしておりました」
「それは大義であった。これより全軍、秋川を渡りおだわら道を山田・増戸・伊那・平井・坂本・大久野谷・梅ケ谷峠・吉野と往き、柚木の即清寺並びに愛宕神社境内に達し、本日は三陣をそこに布陣させる。全体の布陣手配は近藤助実に任せてあるゆえ播磨守殿ともども差配していただく。良きかな助実」
　氏照はそばに控える助実と定仲にそう伝えました。
　「かしこまりました。なお秋川には丸太を渡し、出来るだけ多くの兵が渡れるように作事いたしてござりまする」
　「さすがの播磨守殿じゃ。では行こうぞ」
　氏照が颯爽と白龍の手綱を繰り寄せ、馬鐙を蹴って第三陣の先頭に立ち

ました。そして馬廻り衆の担ぐ霊鐘が撞かれました。

「コーン、コーン、コーン、ウォンウォンウォン……」

音の切れ目に、「氏照様、勇ましいお姿だわ。ここからが大事よ、気を引き締めてね」と心のどこかで姫の声がしました。

即清寺より辛垣城三山　雷電山・辛垣山・舟形山
即清寺

秋川にかかる丸太橋を渡って山田に至り、第三陣はおだわら道を辿って大久野谷を駆け抜け、その日の午後には即清寺と愛宕神社に到着しました。早速近藤助実と大石定仲による陣割りが始まり、氏照はすぐに即清寺の住職に会い、過分の喜捨を施した上で暫時門前と本堂を借り受けることの承諾を得ました。そして、軍勢の乱暴狼藉を防ぐために命じた高札（禁制）を掲げることを約束し、同時に愛宕神社の祢宜にもこれを約束しました。

愛宕神社

軍議を開くために、途中の梅ケ谷峠から伝令を出しておいた第一陣の幹部達、小田野源太左衛門・庄康正・石巻家定・師岡山城守、そして第二陣の狩野泰光・横地監物・布施景尊・芹沢経正・由木豊前守等はすでに寺に到着していました。氏照は第三陣から大石憲重・大石定仲・近藤助実・大石四郎衛門・加藤虎景、そして小姓の中山家範・大石照基・金子家重等を選び、大門前の石段の上に一同を並ばせました。小姓の中山家範に、「杣保三山の絵図をもて」と指図し、家範が折りたたんだ白布を差し出すと、自ら上両端の紐を木に縛り付けて布を垂らしました。布の上に空いた木と木の空間の向こうには雄大な山嶺が臨まれ、稜線の西の方から東へ雷電山・辛垣山・枡形山の山並みがくっきりと聳え立って見えます。今その姿が目の前の絵図と見事に重なって見えるのでした。「おおっ」と、一斉に重臣達の感嘆の声が上がります。そこには、まさにこの場所から展望した辛垣三山の山嶺から麓に至る俯瞰図が布一杯に描かれていたのです。

「幻庵殿の地の利、そして地の理じゃ」

近藤助実が思わず叫びました。

「助実、相分かったか。お主の察し通り、かって我が師の幻庵先生が、この儂に、「この先そなたがどこにあろうとも、その地の"利と理"を見極めることをお忘れあるな」と諭された結果がこれじゃ。のう助実、儂が由井での幼き頃、腕白どもと戸倉城の義兄上のところに遊び行った時のことじゃが、義兄上が「戸倉の北は杣保じゃ。その二俣尾の海禅寺の北に城塞に適した面白き山があるが、そなた達ならば幼いゆえ怪しまれることもあるまい」と教えられ、探索して書き留めておいた結果がこれじゃ。播磨守殿もお忘れあるまいと思うのだが」

「ヤヤーッ、そのような古きこと、いま殿に言われようやく思い出してござる」

「ハッハッハッハッハー、古いと言えば古い話だのう。

さて、明日のための軍議じゃ。これよりこの絵図と実景を対照しながら軍議を進めようと思うが、大石照基と金子家重は絵図の写しを各々方に配ってくれ。おぉそうじゃ、初めにこの若者等を紹介しておこう。先の中山家範は馬術師範の中山家勝殿の子じゃ。そしてこの大石照基は大石四郎衛門の弟で、共に小田原の松田殿の子で大石定基殿の養子にもらい受けた。あと一人は、入間郡の名族金子氏一族の子で、ともにいまだ元服の年齢には至ってはいなかったが、今回この儂の初陣の記念と存じ、この儂が烏帽子を頭に載せて早めに元服させてしもうたのじゃ。儂の小姓役に据えたゆえ、今後ともよろしく頼む」

その小姓達が図の写しを重臣達に配り終わったころ、日は早くも西に傾き始めていました。

「まずは第一陣から。昨日は三田谷を制圧し満足じゃ。今は楯の城の前面の裏宿で宿営中とのことじゃが、さて絵図ではこの二人、実際ではあの辺りになるかのう」「いかにもその通りにてござる」

小田野源太左衛門が答えます。氏照が鉄扇の先で示し、絵図と実際の景色とを対照しながら第一陣に指示をし始めました。

第二陣の将等も氏照の言葉を聞き漏らさないようにと、必死に写し絵と実景を交互に見やります。それにしても、氏照のなんと気の利いた手配であることか。写し絵の鮮明なこともさることながら、地名・施設名・道も克明に描かれているのでした。

「開戦は明日、日が昇ると共に。第一陣はまず楯の城を落とし、次に宮の平を突き進んで、東の木戸を開いてそこで狼煙を上げよ。その後は引き続き城内の中央に向けて攻めたてよ。但し寺社を焼くことは相ならぬ。民百姓老若男女は寺社へ退避させ、降る者は捕えよ。

さて次は第二陣。一陣が楯の城を攻撃中にすかさず楯の西尾根より尾根を登り、矢倉台を目指せ。先頭は狩野泰光、尾根を突進してまず道を空けよ、中は横地監物、狩野が開いた道を広げよ。後は布施景尊、横地が広げた道を整えよ。行きつ戻りつとなるは戦の常、畢竟この戦法を崩さずして一歩一歩前進し、矢倉に向かえば勝利間違いなしじゃ。そしていかなる場合にても各々決して谷戸に立ち入るべからず。山城は石の投擲多きゆえ被害甚大となるは必定ゆえ」

この際、狩野が第二陣を代表して氏照との質疑応答の受け答えをし、横地や布施は早速絵図と実景を照らし合わせてその位置を確認します。

「この図では楯の城はここじゃ。すると尾根とはここあの辺りか」

狩野が横地に問うと、

「どうじゃ景尊、矢倉台への尾根が見えるか」

横地が布施に尋ね、

「あっ、あれでないか、それっ尾根が少し高くなっているところ」

と布施が答えました。氏照の説明が続きます。

「大まかな位置が掴めたようじゃな、日が落ちるまでまだ間があろう。陣営に戻ったら少し登り口ぐらいは見られるであろう。では泰光、矢倉台を占拠したならば狼煙を上げよ。そして休まず枡形城攻撃にかかれ。枡形城を占拠したならば再度の狼煙を上げよ。麓の答えも狼煙で答えよ。

さて我々第三陣だが、播磨守殿は夜明け早々、1,500人の兵を引き連れ、兵にはいつでも戦闘出来るよう身支度を調えさせ、多摩川軍畑（いくさばた）の渡しに丸太橋を築いてくだされ。第一陣の狼煙が上がるのは東木戸突破の合

戦畑の渡し

図ゆえ、その時は播磨守殿にはすぐに二俣尾の台地に登って西木戸を破り、城内に攻め込んでもらわなくてはならぬ。

　残る我等1,500人のうち、近藤助実率いる1,000人は軍畑より播磨守殿陣中に加わり、儂は残り500人を率いて日向和田辺りから第一陣の背後に加わるつもりじゃ。

　そして武田の加藤殿には我等に付いて来てもらい、儂の殿軍になってもらうつもりじゃ。これで如何であろうかのう」

　氏照が定仲に念を入れます。

　「見事な布陣でござりまする。この定仲、必ずや殿のご期待に添いまする」

　「この戦略が功を奏したとすれば、おそらく一陣と三陣とが出会う場所は海禅寺辺りとなるであろう。その付近に殿入と称する入谷戸があり、この谷の中道は本丸に通じているゆえ、我等に追われた敵は必ずやこの谷から辛垣城本丸へ逃れるに違いない。次の展開は第二陣の結果次第だが、もし枡形城を占拠した狼煙が上がったならば大太鼓を打ち鳴らし、総攻撃に移ることになる。聞くところでは、敵には三田80騎と号する騎馬の強者どもがいるというが、この連中がどの辺りで出てくるか。おそらく我等一陣と二陣が出合う二俣尾の平坦部が騎馬の合戦場となるに違いない」

　氏照はそこで一息つき、一同に背を向けたままじっと辛垣城を仰いでいたが、しばらくして続けました。

　「そこでじゃ。源太左衛門と助実に申しておく。このたびは氏政殿より借り受けた選りすぐりの猛者騎馬隊80騎と、そちたちが由井野で育てた若武者80騎を合わせた160騎を半々にそちたちにあずけてあるが、双方とも二俣尾中央部へ突進する際には、まず騎馬隊だけを各陣の先頭に立てよ。よいか」

　「委細承知仕まりました」

　源太左右衛門と近藤助実は即座に氏照の作戦を読みました。つまりは、先頭の騎馬隊が戦っている間に、第二陣の枡形城の成果にかかわらず、第一陣は後陣の横地・布施隊を、方や第三陣は大石定仲隊に急ぎ辛垣山に登らせよ、ということで、騎馬隊はその作戦の時間を稼げという指示だったのです。

　「もう皆の者は分かっていると思うが、この戦いは第一に城主三田綱秀を滅ぼすことにある。もし彼の者が逃れるとすれば、山頂北側に派生する

106

尾根や谷となるであろう。その方向には、いま飯能口まで出張っている鉢
形城の弟北条氏邦が手の者を配備している筈じゃ」

「おおっ、すべてぬかりなき見事な配陣でござる」

即清寺の大門前に立ち並ぶ諸将達の間からどっと感嘆の声が上がり、そ
れが大きな拍手に変わりました。軍監の大石憲重の筆先も踊ります。

「では軍議はこれまで。明日の皆の武運を期待し戦果を祈る。頼むぞ！」

最後に氏照の檄が飛び、諸将等が持ち場の陣営へと散って行きました。

翌朝、日が昇ると同時に北条8,000と三田5,000の軍勢が杣保の谷で激
突しました。そして戦いはほぼ氏照の作戦通りに展開され、氏照は騎馬合
戦の東方で、小田野勢と加藤勢の500人に守られながらも、合戦からこぼ
れた敵武者と馬上で槍を交わし、騎馬武者一騎を討ち取ったということで
した。まさに氏照初陣の一番槍です。二俣尾平での騎馬合戦は、数に勝る
北条方の、しかも由井若手衆の果敢な働きにより、味方は4〜5騎の負傷
者を出しただけで、敵の半数は討ち取り、他は捕え、ある者は逃亡して行
きました。

やがて尾根上の第二陣から枡形城の占拠を報らせる狼煙が立ち上がり、
騎馬隊長近藤助実から騎馬合戦の勝利の報告を受けた氏照は、引率して
きた大太鼓隊に総攻撃の太鼓を打ち鳴らすよう命じました。「ドンドンド
ドーン、ドンドンドドーン」と激しく鳴らされ、次に馬廻り衆が担ぐ霊鐘
が総攻撃の合図を「コオーン、コオーン、コオーンコオン、コーン、コー
ン、コーン、コーン、コーン……」と強弱を付けて連続して撞きました。
太鼓と霊鐘の音を背に受けて力を増した北条の兵等が、霊鐘のウォンウォ
ンと鳴る余韻のもとに果敢に辛垣山本丸を目指し登って行きます。する
と、「今じゃ氏照っ、何をためらう、この機会を逃すな、辛垣城を落とす
は今が好機ぞ、氏照っ、兵を走らせよ、もっともっとじゃー、何をたじろ
ぐ、思いを切れーっ」突如として姫の口から荒々しい声が氏照の心に響き
ました。

何と言う強い叱咤激励であろうか。あたかも夜叉のごとくに。曾祖父早
雲殿が46年前に三浦道寸の新井城総攻撃で、また祖父氏綱殿が高輪原合戦
と江戸城合戦で、そして我が父氏康が初陣の小沢原合戦で味わった鐘の霊
力とはこれであったか。その時は誰もこの声を聞くことはなかったが、さ
ればこの叫びは、今しも姫に乗り移った騎龍観音の声に違いなし。我が父

が男子誕生を願って江ノ島弁財天に合祀したこの鐘に霊をもたらして乗り移った菩薩の声だ。儂と姫との禅問答の筋道を介して姫に語らせている観音様の声に違いなし。
「それっ、行けーいっ、登れーっい、かかれーいっ、引くなーっ、引くなーっ、前へーっ」
　氏照は姫の声に操られるがごとく軍配を盛んに振い、法螺貝を鳴らさせて果敢に戦いました。兵が登り切った枡形城では三田勢と氏照勢とのすさまじい白兵戦が始まっていました。やがて辛垣城山上で北条の勝利を叫ぶ兵達の喚声を、氏照は麓の殿入谷戸で聞きました。遂に戦いは終わり、辛垣城は柚保の空の下で夕刻に陥落したのでした。
　しかし三田綱秀は功妙に城を脱出し、岩付城の太田三楽斉資正のもとに逃れました。あとで分かったことですが、この日の三田勢の中には太田勢がかなり混じっていたのです。おそらく城主綱秀ら家族はこの太田勢に守られながら、飯能口を閉鎖していた北条氏邦勢の目をくらまし、秘密の間道を抜けて逃れていったと考えられます。

海禅寺

　第一陣、第二陣、第三陣、そして武田の救援隊全軍が、続々と氏照が立っている海禅寺の大石垣の下に集まってきました。
「皆の衆に申す。本日は皆勇猛に戦いこのように大勝利となった。我が方の犠牲も軽微であった由、この氏照からも厚く礼を申す。大石定仲殿、勝ち鬨を上げられい」
　氏照の勝利宣言のあと定仲が「エエイッ、エエイッ、オー」と勝ち鬨を上げると、集まっている将兵等もこれに合わせ、「エエイッ、エエイッ、オー」と鬨の声を上げました。
　北条全軍が上げる勝利の声がいつまでも柚保谷の山々にこだましていました。氏照は姫に教わった通りの座禅の組手をそっと腹に当て姫を呼びました。
「大勝利ねっ、おめでとうございます。これであなたは初陣を飾り、関東にその名を立派にあまねく知らしめたのよ」

108

先程とはうって変わった優しい声になっていました。

「かたじけない姫よ、そなたのおかげで勝利を得た、有り難う」

と氏照が感謝の言葉を洩らすと、すぐに、姫の声がして、

「大好きな大好きな氏照さまですもの、さようならー、さようならー、またねーっ」

とまるで恋人にでも呼びかけるような甘い声が消え、それが白龍にも通じたのか、「ひひーん」と一声嘶きました。

遂に氏照は初陣を果しました。

この合戦の勝利の情報は瞬く間に関東一円に広まり、氏照の名とその優れた戦い振りが伝わり、いやが上にも関東諸将の脳裡にきざまれました。彼等はまさしく北条氏に恐ろしい強敵が現れたことを自覚したことでしょう。氏康はこの旧三田氏の領土のすべてを氏照に与えました。

その後、氏照はこの戦いを機に多くの合戦を指揮し、龍神姫と共に数々の戦果を挙げます。例えば永禄7年（1564）の下総里見氏との国府台合戦で北条氏が勝利したときには、氏照の働きは他を圧倒し、多くの家来達にも顕著な戦功を挙げさせました。そしてその中には、なんとこの度の三田合戦で捕虜にした三田氏の武人達が多く加わっていたのです。

これを一つの例として取り上げて見ても、氏照の偉大な人物的側面を窺うことが出来るというものです。今でも史学会筋の一部では、三田氏の滅亡を永禄6年（1563）としていますが、それは三田氏当主の三田綱秀が逃亡先の岩付城で亡くなった年をもって滅亡としているからです。

しかし、ここでは永禄4年（1561）を三田氏の滅亡の年とします。これは主城が落城し、三田氏の支配が終わった永禄4年をもって考えているからです。現にこの2年間、氏照は新領土となった旧三田領内に多くの治世を施していることが古文書などで知られていますし、戦後処理と占領地支配体制を着々と進めていたことが分かります。その点では永禄6年は遅すぎると思われるのです。

さて、冒頭で全く分からないと申し上げた氏照の19年間を、様々な方法で追究し、類推していった結果、解明とは行かないまでも、おぼろながら、その生い立ちや人となりが見えてまいりました。著者はこの書でこのテーマを後世に残し、次世代の研究者に期待します。

第9幕　八王子城と北条氏照と
騎龍観音菩薩脇侍霊鐘の終焉

〈幕間の解説〉　ここまでこの劇で演出してきた騎龍（竜頭）観音菩薩脇侍の小野神社霊鐘の擬人化は、あくまで著者の想像ですが、冒頭でお話したように、吊り鐘本体は現在でも神奈川県逗子市の海宝院の宝物として、また重要文化財として存在しています。加えて、そのレプリカが町田市小野路の小野神社に現存しており、決して架空のものではありません。天正18年（1590）の小田原役に参陣した徳川家康は、この戦いではもっぱら小田原城東の酒匂川右岸付近に本陣を構えていましたが、戦いも終わりになったころ、八王子城の全滅という悲惨な情報を耳にしました。

　ご承知の通り、この時期に家康は豊臣秀吉の提案を受けて、それまでの自領であった駿河・三河・遠江・信濃・甲斐と関東八州とを交換したのもこの頃でした。

　家康は北条氏との戦いが終わった直後、これからは自分の領土となる、この関東の八王子城で最期の凄絶な戦いがあったことを、そしてその落城がもとで北条氏が滅びたことを強く認識し、自分との深い因縁を感じたのか、一度はその場所を見ておきたいと思い立ちました。

　逗子市海宝院の寺伝にもある通り、家康が八王子城の東南約5kmの多摩の横山に遺る「高山城」（鎌倉幕府執権北条氏時代の城）へ訪れたことが書かれています。

　もしかしたら、家康は、この時から遡る74年前に三浦半島の新井城主三浦道寸と北条早雲とが戦い、結果として鎌倉幕府以来の名家三浦氏が滅亡し、この戦いで使用されて抜群の勝利を得たと伝えられる一つの陣鐘の由来を知っていたのでしょうか。その霊的な効果を信奉した北条早雲がその後、この鐘を家の宝とするようにと子々孫々に伝えさせ、代々北条氏の首長に受け継がれ、その後の数多の戦いでその実力を発揮したことを知っていたのでしょうか。この鐘が北条氏照の手にあり、八王子城合戦でも使われていたことを知っていたのでしょうか。

　家康が壊滅した八王子城を検分した折、家臣の長谷川長綱という家来にこの鐘を捜すよう命じ、遂に長綱がこれを探り当てたと見えて、海宝院寺伝にも「高山城」にて家康がその鐘を長谷川氏から受け取ったと書かれて

110

います。鐘は一時期長谷川氏に預けられ、のちに逗子の一角に知行地が与えられ、長谷川長綱は海宝院を建立し、この鐘を寄進しました。

《八王子城落城》　天正18年（1590）陰暦6月22日、下弦の月が武州八王子の東の山並みに顔を覗かせた亥の刻（夜の10時頃）、四谷・月夜峰・甲の原・楢原・狭間と各地に集結して陣を敷いていた、豊臣勢55,000の軍勢が八王子城に向かい攻撃を開始しました。残念ながらこの日は城主氏照が小田原城救援のために出向しており、城主不在の中、城代の横地監物や重臣の狩野一庵・中山家範・近藤助実・金子家重・大石照基以下3,000人の兵が城を守っていました。合戦は翌日の23日午前2時頃から始まり、まず城下の横山口が突破され、横山、南北両八日町、出羽砦が破られ焼き払わされました。豊臣勢は瞬く間に内城を守る中宿門や御霊谷に達します。一方、秀吉の命により編成され小田原城から出立した浅野長吉・木村重滋（以上豊臣方）・本多忠勝・鳥居元忠・平岩親吉等（以上徳川方）の東海支軍は、この4月中頃から武藏、下総、常陸、下野、上野の北条氏支城並びに北条に親しい他国衆の城を攻め立て、この5月頃までにその悉くを落とし、あるいは降服させ、いわゆる小田原城の搦め手地域の大半を征圧していました。氏照の支城関宿城も5月中旬に陥落していることから、これに繋がる旧利根川沿いの七つの支城はおそらく機能を失っていたに違いありません。同盟していた伊達政宗も、北条方が知らぬ内に小田原に行き、秀吉に降参してしまいました。したがって、氏照が小田原城に出向する前に、もし政宗が同盟を破ったときには支城の全員を八王子城に戻すよう指示していった筈の、約8,000人の兵は東海支軍に逐われ、八王子城に戻ることも出来ず悉く逃散していたのでしょう。よって八王子城はたったの3,000人の兵で敵を迎えざるを得ない状況となっていたのです。午前4時頃、八王子城の前線基地であった山下曲輪を守る近藤助実が奮戦の末にあんだ曲輪にまで押されて討ち死にして果て、5時頃には、金子家重が金子曲輪で討ち死にしました。「敵味方の打ち違える鉄砲の音は百千の雷の大地を震うが如く、射違える矢は夕立の水端を通るよりもなお繁し」と当時の合戦の模様を伝える『北条氏照軍記』を見ても、その合戦の凄まじさを推し計ることが出来ます。この時点では、すでに御主殿に敵兵がなだれ込み、老若男女が我が身を短刀で刺して滝や湖水に入水する悲劇が展開していまし

た。敵味方相互の戦法に変更が生じ、一時止んでいた戦いは、9時頃にはまた再開されます。特に柵門台・山王台・櫓台から山上への戦いは熾烈を極め、ここからは断崖絶壁の地形で固められている要害部では、攻撃する敵側とそれに耐える北条方との押しつ押されつの攻防が繰り返されました。当然敵側にも多くの戦死者が出たものの、何しろ5万を超える大軍で押し寄せた豊臣勢の力と秀吉の意地が勝り、午後になってからは形勢が見え始め、2時頃には二の丸と中丸と三の丸が落とされました。狩野一庵は討ち死に、中山家範は自決。八王子城には敗色の色が濃く漂い始めました。

この状態を見て、もはや落城やむなしと悟った二の丸守将の大石照基は、氏照への最期の報告を可能にすべく二の丸を飛び出し、本丸に駆け上がるや城代の横地監物を説得し、腕に力のある者等数名を付けて城外へ逃がしました。照基もまた氏照と共に心源院で卜山禅師から禅を学び、仏法における人間の死生の境界をわきまえていたので、この期に及んでも揺るがず禅定に入り、霊的自覚即悟りと得て死を覚悟したのでした。

要害部の戦い

1. 天正18年6月22日　深夜豊臣勢攻撃開始。

2. 当夜下弦の月が八王子城の東峰顔を覗かせると同時に各地に分散していた豊臣勢が一斉に動きだし図のごとく城にせまる。恨みぞ悲し。多くの婦女子が御主殿の滝に身を投げ城山川が血で赤く染まる。

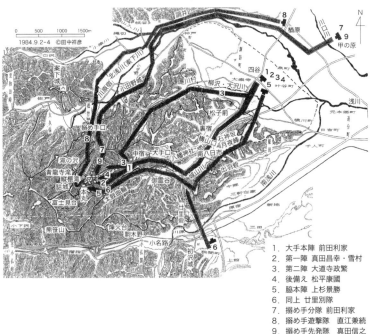

1. 大手本陣　前田利家
2. 第一陣　真田昌幸・雪村
3. 第二陣　大道寺政繁
4. 後備え　松平康國
5. 脇本陣　上杉景勝
6. 同上　廿里別隊
7. 搦め手分隊　前田利家
8. 搦め手遊撃隊　直江兼続
9. 搦め手先発隊　真田信之

3. 6月23日早朝、根小屋部に前田の軍勢が火を放つ。

4. あんだ曲輪の近藤助実は善戦空しく討ち死にし、前田勢が御主殿に迫る。

5. 前田利家・大道寺政繁・松平康国真田昌幸、幸村勢が要害部山麓に取り付き、柵を破壊しながらよじ登り、金子曲輪へ、これを迎えた金子家重も防戦し討ち死にした。

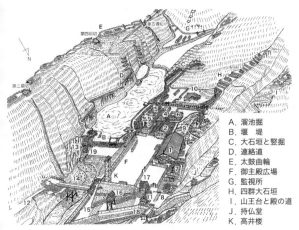

A. 溜池掘
B. 堰堤
C. 大石垣と竪掘
D. 連絡道
E. 太鼓曲輪
F. 御主殿広場
G. 監視所
H. 四群大石垣
I. 山王台と殿の道
J. 持仏堂
K. 高井楼

1. 主殿
2. 会所
3. 能楽堂
4. 厨房
5. 月見台
6. 蔵
7. 武者溜まり
8. 検問所
9. 庭園
10. 西郭監視所
11. 矢倉
12. 御主殿大手道
13. 御主殿の滝
14. 曳き橋 15. 升形虎口
16. 二階門櫓
17. 主殿正門
18. 通用門
19. 堰堤腰曲輪

（発掘調査図より類推）

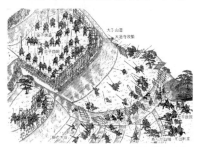

金子曲輪の攻防

7. 午後になって要害部を目指す豊臣勢は、これを阻止せんと石や丸太を投げ落として防戦する城方に苦戦、されど敵は5万、城方は3,000、数に勝る豊臣勢に押され攻防は熾烈を極める。中の丸の中山家範などは柵門まで打ち出し阿修羅のごとく戦う。

6. 御主殿炎上
遂に山麓の御主殿に火が掛けられ炎上し始め、この時御主殿に残った女人や子供や老若男女達の壮絶な悲劇が始まった。（ガイダンス映写画像）

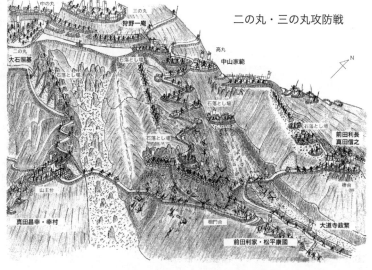

二の丸・三の丸攻防戦

8. 午後になって前田利家・利長・上杉景勝・真田昌幸、信之・幸村・松平康国及び大道寺政繁等がこぞって本丸下に到着し、本丸は豊臣勢によって包囲された。

城方は風前の灯火、本丸に横地監物、中の丸に中山家範、二の丸に大石照基、三の丸に狩野一庵だけ。

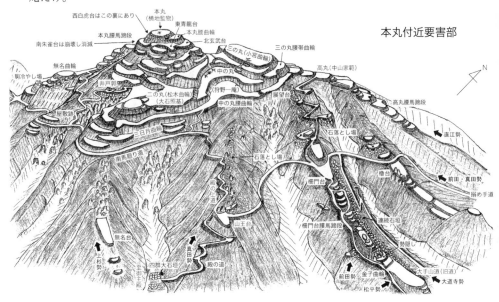

本丸付近要害部

9. 最後の攻防戦は、遊撃隊として搦め手にあった上杉方の直江兼続の配下が三の丸の背後で陣屋に火を掛けたことによって激化した。主将一庵は三の丸に入った敵と渡り合い防戦したが、遂に火の中に消えた。中山家範は中の丸腰曲輪へ馬上で飛び出すや自慢の長柄槍を揮い、縦横無尽に敵をなぎ倒したが、自身も傷つき「もうこれまで」と中の丸に戻り切腹した。大石照基は横地監物を氏照への報告の使者として逃し、本丸を指揮して玉砕し遂に城は落城した。

最後の攻防戦

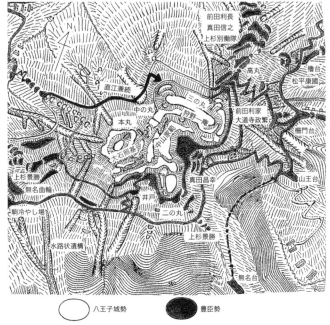

詳細は拙著『決戦！ 八王子城』（揺籃社刊）参照のこと

本丸にはもはや二十数人を残すのみ。敵勢が本丸の柵を打ち壊し始めました。「総攻撃ーっ、本丸を落とせー」と中の丸の方で敵の大将の檄と烈しく鳴らす鐘の音が響きます。照基は、本丸の八角三重塔に近寄ってその扉を開くと、

　「御坊様方よ、もはや戦もこれまでじゃ、吾等にも最期の時が来た。戦勝祈願護摩壇祈祷大変にご苦労様でござった。これより西の柵を開くゆえ急ぎ逃れなされ」

と宝生寺の頼紹僧侶と西蓮寺の祐覚和尚に告げました。だが、頼紹は微笑みを浮かべながら、

　「有り難きお仰せなれど、吾等が往く道は既に開き申した。そは西方浄土阿弥陀様の台(うてな)に通じる道でござりまする。どうぞ廬舎那仏と牛頭天王様の像の後ろをご覧なされ」

と照基に塔の西側の腰板張り辺りを覗かせました。そこには薪の束が山と積まれ、中で今しもチロチロと赤い炎が輝いていました。

　「これでお分かりでざりましょう。では、これにておさらば致しまする。西方浄土でまたお会い申そう」

　頼紹は照基の胸をそっと入り口へ押しやると扉を閉めました。中で「ガチャリ」と鍵を掛ける音か鳴ります。その時、東北方の鬼門封鎖戸がギシギシと音を立て揺らぎました。いよいよ決戦です。

　「皆の衆、いよいよ決戦の時が参った。吾等、主君北条氏照殿のご意志を貫き共に死のうぞ」

　「おっ、承知じゃ」

　照基の檄が飛び、それに応じて味方の武将達が高らかに呼応するや否や、二人の敵兵が破壊された門から飛び込んで来て、照基の胸先に太刀の切っ先を突きつけました。

　「おおっ」「チャリーン」と照基は相手の太刀を払いました。

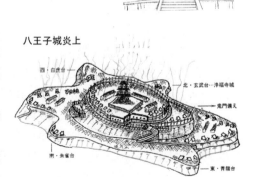

八王子城天守閣想像図

八王子城炎上

115

海宝院の陣鐘の刀傷

大石照基の玉砕

が、すかさず他の一人の太刀が照基の肩をめがけて振り下ろされました。その瞬間、「ガツーン……（あぁっ痛いっ痛いーっ）……」と鈍い音がして、何故か女の叫ぶ声がしたかと思いきや、背後でもう一人の敵の二の太刀が空を切る音がして、振り返りざま夢中でその敵の胴を払った時、またもや、「ガツーン……（ああっああっ氏照さまーっ、もうわたくし、わたくしもう最期、最期よっ、さようならーさようならーっ）……」と苦しそうな二度目の悲鳴が聞こえてきました。照基が気を取り直して塔の台の下を見ると、照基に切られた二人の敵兵の骸が血まみれになって横たわり、2本の折れ曲がった太刀が地上に転がり、天井の梁に吊るされていた霊鐘の銅肌に二筋の切り傷が刻まれているのを見ました。奇しくも鐘の胴肌に2本の深い傷、そして龍神姫が二度も発した悲鳴。

「おおっ、そうだ、まさしくこれは龍神姫様のお声だったにちがいない。姫も切られて最期となられた、遂に吾にも知らせてくれたのだ。吾も禅の開眼を得た。きっと小田原の殿もこの声を聞かれたにちがいない」

どどどっと一団の敵勢が本丸になだれ込み、塔の基台を取り巻きました。

「八王子衆よ良ーく聞け、我もまた殿の如く仏の悟りの道を得たりやっ。さればこれより突撃を開始する。西方浄土でまた会おうぞ、それっ、われに続けーっ」

本丸では押し寄せる敵を相手に比留間大膳・志村将監・尾谷兵部・浅尾彦兵衛等が死に者狂いで戦っていたが、照基の檄を聞くや一か所に集まり、「吾等八王子衆ここにありっ」と本丸から一丸となって飛び出しました。そして、敵軍が群れを為す中の丸の真っ直中に突っ込み、ひと時の間、人波の中で荒波が起きましたが、やがてその波も無惨に消えていきました。本丸でどどーんと大きな音。見れば曹洞宗型八角三重塔天守が紅蓮の炎に包まれ、今しも崩れ始めています。不思議なことに、塔は頼紹和尚

が予言した通り、西方浄土の両側の方角に倒れていたと、検視役が言ったそうな。歴史は二人の僧が護摩壇の炎の中に身を投げて亡くなったと伝えています。

　この日、小田原城早川口の北条氏照の陣屋内で瞑想に耽っていた氏照の耳に、突然竜神姫の声が飛び込んで来ました。その声は大石照基が聞いた姫の最期の言葉と同じでしたが、さらに加えて姫は、「愛しい愛しい氏照様、いま私は、いえわたしの霊は騎龍観音様の龍に乗って天上へ参るところです。あなた様のご誕生をお手伝いしてから早50年。楽しくもあり厳しくもある日々でしたね。これからはわたし寂しくなりますわ。でも、あなた様は龍神様のお子ですもの、いつかはきっと天地のお住まいに帰られる人なのですから、それまで待っていますわ。さようなら、さようなら」と氏照との日常の座禅の日々を懐かしむ声が添えられ、そこで騎龍観音菩薩から授かった龍神姫の霊力も失せました。「龍神姫よ、長い間、私を守り助けてくれて有り難う。残念ながら八王子城が落ちた今となっては、わが北条氏がいつまで耐えられるか、この後はおそらく滅亡しかあるまい」と述懐する氏照の脳裡に、突然、生まれ育ってきた50年の記憶が蘇り、それが走馬燈のごとく巡り始めました。

　妻比佐よ、我が母由井殿よ、北条のご父母様よ、兄弟たちよ、卜山様よ、義兄桂巌殿よ、幻庵殿よ、そして我が同胞よ、我が民よ……。流れるように網膜に映し出される想い出の数々に想いが募り、氏照は万感極まって思わず目頭に涙が溢れました。

　「このような仕儀と相成ったは己の力が足りなかった故じゃ、皆の方々誠に申し分けない」
と呻き、板敷きの間にひれ伏して泣きに泣きました。やがて泣き疲れた氏照が呆然と陣屋の南西の空を見上げると、そこには秀吉によって築かれた石垣山城が聳え立っていました。氏照は顔に自嘲の薄笑いを浮かべ、さきほど姫との問答で途切れた独り言を繋ぎました。

　「姫よ、いま思うにそなたが申したとおり、籠城などせずして関東を空っぽにしてでも北条全軍の兵を集結し、15万の兵を持って箱根山を乗り越え駿河に出て、黄瀬川・狩野川左岸辺りへと討ち出し、山中・韮山の両城を鶴翼軍の南北と固め、川向かいの三枚橋城の豊臣先発隊徳川家康に対

117

すれば、勝敗はともかくも、事態は北条方に相当有利に運んだでしょう。だが、兄氏政や弟氏規と共に、籠城策を頑なに策して止まぬ宗主氏直並びに家老松田一派に対して幾たびか諫言を繰り返し、姫の申す通り、城を出て戦うことを進言して来たが、遂にその者等の籠城策の壁を突き破ること適わずこの事態となってしもうた。それっ、あそこに建つあのような城など秀吉には築かせはしなかったのに。これとても今となっては小人の繰り言に過ぎぬのう」

しかし、八王子城合戦において霊鐘の霊が太刀切られ、今や姫との禅問答は途絶え、その呟きはもう氏照の独り言に過ぎず、届かなくなってしまっていました。

天正18年（1590）7月5日、北条氏直は小田原城を開城して豊臣秀吉に降服しましたが、秀吉は氏直を助命し、氏政・氏照とその他重臣の大道寺政繁や松田憲秀に切腹を命じ、ついに小田原城は落城しました。7月9日、氏照等四人は城下の田村安栖宅に入り、秀吉からの切腹日の命令を待っていました。

「遂にその時がやって来たか。さてそろそろ辞世の歌など詠まねばなるまいのう。おおっそうじゃ、姫が別れ際に洩らしたあの天地と龍とその棲家のこと、あれが良い。あれが儂の生涯の全てを表している。あいや榊原康政殿、相済まぬが辞世を認めるゆえ文机と書道具を貸して下されぬか」と、彼等の検視を見まもるために同室していた徳川の榊原氏に声を掛けました。用意された筆にたっぷりと硯の墨を滲ませ氏照は一気に、

「天地の浄き中より生まれきて元の棲家に帰るべらなり」

と認めました。これを意訳すれば下記の通りでしょう。

己は祖父や父母から、お前は天地を往来する龍神の子じゃとよく龍に比喩されて育って来たが、そう申せばこの50年間、北条家のために身を粉にして天と地を繁く往来する龍の如く走り回り働いてきたものだが、そろそろその役目も終え天地の浄き龍の棲家に帰ることになったらしい。それなればこの現世に未練など全くあらず、潔く腹かっぽじいてその故郷とやらに帰ることに致そうぞ。

氏照は辞世を丁寧に折りたたみ、紙袋に包んで両手に取って一拝し、裃

の襟に挟むとすくっと立ち上がりました。そして、むかし戦乱の京を逃れ、小田原城に疎開していた宝生流家元の能楽師一閑に教わった謡曲「敦盛」(平家一族の名、信長も好み詠んだ謡曲) を謡い始めました。
　「人間五十年。下天の内をくらぶれば　夢幻の如くなり。ひとたび生をえて　滅せぬ者のあるべきか……」
　その意とする所の、誰にも免れることが出来ない死があるかぎり、己もその死に向かって果敢に挑みまっしぐらに生きて来たぞ、とその証を立て、榊原康政に微笑みかけて辞世の句を手渡しました。
　天正18年7月11日、氏照は兄氏政と共にこの安栖宅で切腹し、生涯を閉じました。氏照享年50歳、介錯は弟の氏規が行いましたが、奇しくもこの日は今から約500年前に三浦義同(道寸)が早雲に討たれ、切腹して果てた日と同じ日であったといいます。この日八王子城本丸から一頭の龍が空に向かって飛び立って往くのを見たという伝説が流れました。

エピローグ (小野神社宮鐘の見学会)

　平成30年 (2018)　1月19日。
　この日、著者は、八王子城跡研究会々員、新井城跡研究会々員 (小網代安達則子代表他) との合同で、小野神社の宮鐘見学並びに鐘の音の試聴会が催されました。
　一同で小野神社にお詣りしたあと、鐘を一打ち撞き鳴らしました。かって北条早雲と三浦義同・義意とが新井城で戦った際に、早雲がこの鐘を陣鐘として打ち鳴らして勝利したという故事から、今鳴る鐘の下で瞑想して偲び、そして八王子方と三浦方の代表が握手を交わして慰霊の和解を祈りました。
　コーン、コーン、ウォン、ウォン、ウォン……と鳴る音色とリズムが、試聴した双方の会員達が日頃の研究で想像していた音の世界と合致したことは、彼等が感動したざわめきの会話の中から知りました。また、八王子城跡研究会会員の内の一人で物理学者でもある野原良夫さんが科学的に解析された講話があり、氏のご意見では鐘の表裏

三浦義同想像図 (模写)

には厚い薄いのむらがかなりあり、音を発した時にそれぞれの音が互いにぶつかり合って唸りのような音になるという見解を示されました。

このあと神社を管理しておられる小島政孝さんより、氏が研究しておられる付近神社・寺院各種の鐘の音の録音を聞き、この小野神社の鐘との比較を話し

「タウンニュース」より

合いましたが、いずれの鐘の音も皆それぞれ独特な音がして同一ではないことが分かりました。特にこの小野神社の鐘の特殊性も確認することができました。

この情景は早速平成30年（2018）1月26日（金）付「タウンニュース三浦版」に掲載されました。

会か終わった後、著者はこの鐘の前に佇み、「宮鐘さん、あなたは逗子市海宝院にある霊鐘のレプリカですよね。言い変えればあなたは、その鐘の双子の妹となるわけです。姉様の龍神姫は、この国の戦国時代に特殊な霊力を神から授り、この霊力に縋る多数の武将達の間を流浪し、最期は

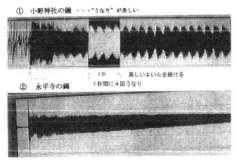

お寺の鐘の波形

八王子城主北条氏照と共に豊臣秀吉と戦い、悲しくも八王子城合戦で傷ついてその絶大なる霊力を失いました。そして今、姉様は逗子の海宝院で普通の寺鐘として静かな生涯を送っておられます。ところで貴方様は、幸い姉様のような凄絶な経験もなく、元の小野神社で姉様に替わって人々の幸せと平和と安全を祈る宮鐘として毎日を送っておられますが、私はそれで良かったと思います。あなたの役目は昔のように人々の生活を守って祈ることですよ。どうぞよろしくお願いします」と申し上げ、手を合わせて来ました。思うに、ここ小野路は武蔵八王子初沢山を源流と

する湯殿川と、相模城山町大戸を源流として流れ下る境川に挟まれて南東に延びる、万葉集にも名高い「多摩の横山」の末端に位置し、古謡曲の「横山」にもその名が見られるとおり、古来よりここは鎌倉街道の宿場町で、この地に座す小野神社では、街道を往来する旅人達の通行の安全のために、朝な夕な宮鐘が鳴らされていたのです。

　その一つの宮鐘の因縁が、奇しくも約50年間も八王子城主北条氏照の生涯と繋がっていたとは、よもや誰も知ることではなかったでしょう。今回、この小説でそれが朧ながら映し出され、物語ることが出来ました。ご拝読有り難うございました。

著者

北条氏照の生涯をより詳しく知りたい方は、アマゾンPODで販売中の『小説　北條氏照』をご購入ください。八王子城の戦いを詳しく知りたい方は『決戦！　八王子城』を、八王子城の地形、縄張りやこの本でも紹介している印文未詳印等の印に興味のある方は『八王子城今昔物語絵図』を参考にしてください。八王子城の戦いの概略を知りたい人は、この小説の編集を支援した山岩淳の初心者向け小説『乱世！　八王子城』がおすすめです。

『小説　北條氏照』	前川　實	揺籃社
『決戦！　八王子城』	前川　實	揺籃社
『八王子城今昔物語絵図』	前川　實	揺籃社
『乱世！　八王子城』	山岩　淳	揺籃社

◎参考文献

『戦国合戦事典　応仁の乱から大坂夏の陣まで』(小和田哲男、三省堂)
『八王子城主・北條氏照　氏照文書からみた関東の戦国』
　　　　　　　　　　　　　　　　　　　(下山治久、多摩歴史叢書)
『八王子城』(八王子市郷土資料館)
『八王子城 ── みる・きく・あるく』(峰岸純夫、椚國男ほか、揺籃社)
『埋れる大城郭都市　幻の八王子城』(前川　實、かたくら書店新書)
『八王子城いくさの記』(前川　實、かたくら書店新書)
『決戦！　八王子城 ── 直江兼続が見た名城の最期と北条氏照』
　　　　　　　　　　　　　　　　　　　　(前川　實、揺籃社)
『八王子城 ── 精密ルートマップ』(堀籠　隆、揺籃社)
『八王子城今昔物語絵図』(前川　實、揺籃社)
『乱世！　八王子城』(山岩　淳、揺籃社)
『三浦一族百年の物語　第一巻　もののふの都鎌倉』
　　　　　　　　　　　　　　　　　(アダチ・クリスティ、あだむ舎)
『日本城郭体系６』(千葉・神奈川編、新人物往来社)
『落城　ものがたり』(菊地　正、かたくら書店新書)
小島資料館　見学および資料提供　ほか

　　　関係協力者
　　　　著　者　　前川　實 (多摩の横山・新城山会代表顧問)
　　　　企　画　　安達則子 (ペンネーム・アダチ・クリスティ)
　　　　編　集　　遠藤　進 (ペンネーム・山岩　淳)
　　　　技術、写真　野原良夫 (多摩の横山・新城山会相談役)
　　　　調　査　　高橋国男 (元八王子城の謎を探る会幹事長)
　　　　　　　　　崎山紀興 (多摩の横山・新城山会主宰)
　　　　資　料　　小島政孝 (町田市小野路小島資料館館長)
　　　　写　真　　水島英男 (八王子城跡オフィシャルガイド)

鎮魂歌「八王子城」

作詞
作曲　前川　實
（1988年作）

1. せんらんてんしょう 18 ーーー ねん　　きりたちこめし　あさーまだき

とつじょとおこる　よこやまぐちに　はけんにもゆる　とよとみぜいの

き　しゅーぞいで や　いで　はち ー おうじじょー おー

1、戦乱天正18年、霧立ち込めし朝まだき
　　突如と起こる横山口に、覇権に燃ゆる豊臣勢の
　　奇襲ぞいでやいて、八王子城
　2、野望にあらがうもののふ等、武蔵の意地を太刀にこめ
　　　主なき城にいざ立て籠もり、寄せ手や来たれ何するものぞ
　　　寡兵も強者よ、八王子城
3、堅固を誇りし名城は、雲霞の敵に崩さるる
　　名だたる武将の討ち死に続き、御殿の子女は逃れも難し
　　恨みぞ滝音に、八王子城
　4、槍を支えに振り向けば、天守は炎に包まれぬ
　　　もはやこれまで落城せしか、あかねの空よそは血の色か
　　　手合わす影悲し、八王子城
5、月下にたたずむ月夜峰、妙なる笛ぞ誰がする
　　響けや届けや我がはらからへ、秋明菊の草葉の陰に
　　祈る女性の、八王子城、八王子城（繰り返し）

著者略歴・前川　實（まえかわ・みのる）

1935（昭和10年）富山県富山市大山町に生まれる。富山高校を経て、現昭和音楽大学を卒業。バリトン歌手として数々のオペラに主演。後に鉄道関連機器製造会社に入社し、38年間勤務、取締役を経て1998年退職。在職中から一貫して八王子城と北条氏照の研究に携わる。

現在「多摩の横山・新城山会」代表顧問

新編戦国劇場！

八王子城主北条氏照の物語

霊鐘姫の愛と共に生きた若き日々

2019年 6 月23日　印刷
2019年 7 月10日　発行

著者　前川　實

編集　遠藤　進

発行　揺　籃　社
　　　〒192-0056　東京都八王子市追分町10-4-101
　　　TEL 042-620-2615　FAX 042-620-2616
　　　https://www.simizukobo.com/
　　　印刷・製本　㈱清水工房

ISBN978-4-89708-417-6 C0093　　落丁・乱丁本はお取替えいたします

著者略歴・前川　實（まえかわ・みのる）

1935（昭和10年）富山県富山市大山町に生まれる。富山高校を経て、現昭和音楽大学を卒業。バリトン歌手として数々のオペラに主演。後に鉄道関連機器製造会社に入社し、38年間勤務、取締役を経て1998年退職。在職中から一貫して八王子城と北条氏照の研究に携わる。

現在「多摩の横山・新城山会」代表顧問

しんぺんせんごくげきじょう
新編戦国劇場！
はちおうじじょうしゅほうじょううじてる　ものがたり
八王子城主北条氏照の物語
れいしょうひ　あい　とも　い　わか　ひび
霊鐘姫の愛と共に生きた若き日々

2019年6月23日　印刷
2019年7月10日　発行

著者　前川　實

編集　遠藤　進

発行　揺　籃　社
〒192-0056　東京都八王子市追分町10-4-101
TEL 042-620-2615　FAX 042-620-2616
https://www.simizukobo.com/
印刷・製本　㈱清水工房

ISBN978-4-89708-417-6 C0093　　落丁・乱丁本はお取替えいたします